Michael Rodewald

Die Unterwerfung

Vorwort

War das der vielbeschworene Haken dieser, bisher so traumhaften, Zeit mit Daniel?
Geschockt und wütend beendet Martina die Liebesbeziehung und steht vor den Trümmern ihrer rosaroten Zukunftspläne.
Wider Erwarten spürend, dass sie unbekanntes, aufregendes Terrain betreten hat, begibt sie sich neugierig, einem unwiderstehlichem Drang folgend, auf die Suche, um Seiten in sich zu entdecken, die ihr bis dahin fremd waren.
Neue Freunde und aufwühlende Erfahrungen erwarten sie und am Ende erkennt Martina, dass Liebe nicht alles ist ... aber alles nichts ohne die Liebe.

Alle in diesem Buch geschilderten Handlungen und Personen sind frei erfunden. Ähnlichkeiten mit lebenden oder verstorbenen Personen sind zufällig und nicht beabsichtigt.

Quelle Titelbild:
www.Pixabay.de Creative Commons CC0

Herstellung und Verlag:
BoD – Books on Demand, Norderstedt
ISBN: 978-3-7357-5113-3

Inhaltsverzeichnis

Kapitel 1   Eine ungewöhnliche Begegnung

Kapitel 2   Beziehungsalltag

Kapitel 3   Die Unterwerfung

Kapitel 4   Verwirrung

Kapitel 5   Eine andere Welt

Kapitel 6   Nachwehen

Kapitel 7   Annika

Kapitel 8   Neuland

Kapitel 9   Jan

Kapitel 10   Daniel

Weitere Bücher des Autors

Kapitel 1 Eine ungewöhnliche Begegnung

Martina saß lustlos an der Kasse des Supermarktes, mechanisch die Artikel einscannend und genauso automatisch ihr höfliches "Guten Tag" und "Einen schönen Tag noch" herunter ratternd. Das Wochenende war öde gewesen und der Montag begann mit dem täglichen Einerlei.
Aus einer Laune heraus hatte sie während ihres Pädagogikstudiums angefangen, zu schreiben und unerwartet mit ihrem ersten Erstlingswerk einen Durchbruch erzielt. Der anschließende Erfolg führte zu erheblichen, finanziellen Einnahmen sodass sie gut davon leben konnte. Einmal auf den Geschmack gekommen, verfolgte sie diesen Weg enthusiastisch weiter. Aber der Erlös ebbte langsam ab und floss mehr oder weniger vor sich hin. Denn bisher war es ihr nicht mehr gelungen, einen weiteren Hit zu landen, stellte sie zunehmend unzufrieden fest.
Aber aufgeben war keine Option und so hatte sie zusätzlich einen Job als Kassiererin im nahegelegenen Supermarkt angenommen, den sie dreimal die Woche wahrnahm. Den Rest der Zeit schrieb sie Artikel als freiberufliche Journalistin und arbeitete an ihrem neuen Buch. Auch kannte niemand ihre wahre Identität: Ihre Eltern hatten ihr von Anfang an zu einem Pseudonym geraten.
An der privaten Front tat sich ebenso wenig. Dabei konnte sie sich sehen lassen: Sie war mit ihren 29 Jahren, ihrer schlanken Figur, den halblangen, blonden Haaren und dem ebenmäßigen Gesicht durchaus attraktiv. Es war auch nicht so, dass es ihr an Angeboten gemangelt hätte, dachte sie, aber sie hatte so gar keine Lust auf diese plumpe Anmache in der Disco oder One-Night-Stands, die ihr keine Befriedigung verschafften. Das war

eher etwas für die Kerle. Sie wollte einen Mann, zu dem sie aufsehen konnte, eine innige Liebe, vielleicht Kinder, eine Familie und dann natürlich eine entsprechend lustvolle Sexualität. Wie lange war das eigentlich schon her? Mit einem resignierten Seufzer stellte sie fest: ein gefühltes Jahrzehnt! In der Pause tauschten sich die anderen Frauen manchmal fröhlich über ihre frivolen Abenteuer am Wochenende aus, was sie sich amüsiert anhörte, aber sie ebenso daran erinnerte, dass in ihrem Leben etwas fehlte.

Martina wandte sich dem nächsten Kunden zu. Manche Gesichter kannte sie schon, viele nicht. Während sie ihr übliches "Guten Tag!" von sich gab und sich dem Scannen widmete, hielt sie plötzlich eine Karte in der Hand. Zur üblichen Bewegung ansetzend, realisierte sie, dass es da nichts zu scannen gab. Dem Kunden einen fragenden Blick zuwerfend, sah sie einen Mann Ende Dreißig im Anzug vor sich stehen, der sie aus braunen Augen warm anlächelte.

Erneut schaute sie auf die Karte: Darf ich Sie zu einem Kaffee nach Ihrer Arbeit einladen?

"Oh", sagte sie überrascht, "äh, das ist sehr nett von Ihnen, aber…"

"Ich bin Daniel, Daniel Lehmann, und ich habe hier schon öfter gestanden. Leider habe ich Ihre Aufmerksamkeit bisher nicht erringen können. Bitte, sagen Sie nicht nein!", bat er so treuherzig, dass sie schließlich lachend zustimmte. Verrückt, aber nett, dachte Martina, ihm nachsehend, nachdem er sich mit ihr am Eingang des Marktes um 17.00 Uhr verabredet hatte.

Als sie nach der Arbeit herauskam und sich suchend umsah, winkte er ihr schon zu.

Er sah gut aus, dachte sie plötzlich, ihn jetzt genauer betrachtend; schlank, eine stylige Kurzhaarfrisur, dunk-

les Haar, leichter Bartwuchs. Im dunkelblauen Blazer mit Schal, Jeans und Sneaker mit weißen Sohlen, wirkte er jugendlich und locker. Verschmitzt strahlte er sie an und unwillkürlich lächelte sie zurück. Dieser Daniel könnte mir sogar gefallen, dachte sie spontan.
"Kaffee oder lieber einen Apfelschorle?", fragte er gutgelaunt.
"Letzteres wäre mir lieber", antwortete sie lachend. Sie machten sich auf den Weg und gingen in eine nahe gelegene Pinte in Sachsenhausen. Martina bestellte sich einen Flammkuchen, einen Salat und eine Schorle.
"Gute Idee, essen wir was", stimmte er zu.
Es wurde ein gemütlicher Abend. Während er erzählte, dass er Investmentbanker war und in Frankfurt arbeitete, betrachtete sie ihn immer wieder gedankenvoll. Er gefiel ihr sogar ausgesprochen gut, stellte sie fest, angenehm überrascht. Sie unterhielten sich angeregt und später freute sie sich, als er sie fragte, ob sie sich wiedersehen könnten. Am Samstag war Museumsnacht, ob sie dazu Lust hätte?
Die Woche über hielt Martina nach ihm Ausschau, aber er kam nicht mehr vorbei. So ein ungewöhnliches Werben sorgte natürlich in der Pause für Gesprächsstoff. Die anderen Frauen neckten sie damit und sie musste versprechen, am nächsten Montag zu berichten, was sich daraus ergeben hatte.
Und dann war es soweit: Aufgeregt stand sie vor dem Restaurant, in dem sie zunächst noch etwas essen wollten. Als er ihr entgegenkam und sie anlächelte, fühlte sie sich sofort wohl mit ihm. Daniel hatte immer ein paar lustige Sprüche auf Lager, die für Auflockerung sorgten und seine warmen, braunen Augen, die sie gerne lange anschauten, sorgten für mehr als ein Herzklopfen und eine zunehmende Hitze.

Daniel war ein interessanter Mann, stellte Martina fest, während sie durch die Museen wanderten und er hier und da etwas zu erzählen wusste.

Wow, sollte da etwa mein Traummann vor mir stehen?, fragte sie sich plötzlich amüsiert. Blödsinn, den kann man sich nur backen, der Haken kommt bestimmt noch!, war der nächste Gedanke. Aber warum denn gleich so negativ, schalt sie sich sofort.

Und als sie schließlich am frühen Morgen, nach dem letzten Museumsbesuch, auf der Straße standen und sich ansahen, hielt sie den Atem an. Fast magisch angezogen von seinem Blick, schien sie sich unmerklich auf ihn zuzubewegen und schon beugte Daniel sich zu ihr, sie weich und sanft küssend.

Mmmh ... das schmeckte nach mehr, dachte Martina sofort sehnsüchtig. Selbstvergessen standen sie ineinander versunken, während sie hingebungsvoll seine Küsse erwiderte.

"Hey", meinte Daniel plötzlich, während er sie ansah und ihr zärtlich über die Wange strich, "zu mir oder zu dir?"

Martina strahlte: "Wer von uns wohnt denn am nächsten?"

"Das bin bestimmt ich", erwiderte er lächelnd, den Arm jetzt um ihre Hüfte legend. Zusammen wanderten sie durch die Nacht, lachten zusammen und rannten die letzten Meter, während er sie an der Hand hinter sich her zog. Im Aufzug fuhren sie hinauf, bis sie vor der Tür seiner 3-Zimmer-Wohnung standen. Im Wohnzimmer wartete sie auf der Ledercouch auf ihn, während er für sie beide eine Apfelschorle aus der Küche holte.

Schließlich erschien Daniel und stellte beide Gläser auf den Glastisch. Nachdem sie getrunken hatten, ließen sie sich in die Kissen sinken, um sich kurz darauf hungrig zu küssen.

Erhitzt lehnte er sich irgendwann zurück. "Du bist so unglaublich anziehend, Martina, lange halte ich es nicht mehr aus", meinte er, sie abwartend ansehend.
"Ich glaube, das will ich auch gar nicht", erwiderte sie leise und beugte sich verlangend zu ihm.
"Komm, im Bett ist es bequemer", sagte Daniel entschlossen, nahm ihre Hand und führte sie nach nebenan. Neben seinem Bett stehend, begann er sie zu küssen und mit den Händen unter ihr T-Shirt zu gleiten, während sie dasselbe bei ihm tat.
Mmmh, dachte Martina, ich schmelze dahin! Seine Wärme, seine Haut ... jeder Zentimeter steigerte ihren Wunsch, mehr von ihm zu erfühlen. Mutiger werdend, landeten seine Hände auf ihren Brüsten, während sie in seine Hose schlüpfte und seine festen Pobacken genussvoll umfasste.
Plötzlich mussten sie beide lachen.
"Gut", meinte Daniel fröhlich, "wie wäre es, wenn wir uns jetzt ausziehen?"
Ausgelassen warfen sie ihre Sachen im Zimmer umher und krabbelten ins Bett. Seine Arme ausbreitend, warf sie sich stürmisch hinein, während er sie auffing. Sich umarmend wandelte sich die Stimmung jedoch schnell und ein Feuer loderte empor, dem Martina nicht widerstehen konnte ... und auch nicht wollte. Wie und wo ihn zuerst genießen, fragte sie sich atemlos und es gab nur ein Antwort: Am liebsten gleichzeitig und überall! Und ihm schien es genauso zu gehen, denn seine Hände wanderten verlangend über ihren Körper, versenkten sich in ihren weichen Brüsten, liebkosten ihr Gesicht, während er sie leidenschaftlich küsste. Sie genoss seinen festen Körper, seine Wärme, den Geruch seiner Haut; sich auf ihn legend rollten sie quer über das Bett

und erkundeten sich aufgewühlt. Bis seine Hand nach unten wanderte und die ihre auf seinem Penis landete.

Mmmh, er fühlte sich stark und gut an, dachte Martina aufgeregt und spürte, wie feucht sie bereits war. Und schon ergründete eine Hand ihre Weiblichkeit und ließ sie aufstöhnen, bis sie ihn ungeduldig auf sich zog, um ihn in sich aufzunehmen.

Genussvoll tauchte er langsam in sie ein, während ihr unzählige Schauer über den Körper liefen. Ja, er fühlte sich unglaublich gut in ihr an, dachte sie dahin schmelzend. Daniel steigerte lustvoll seinen Rhythmus, ihr kleine Schreie entlockend. Aber unvermutet zog er sich aus ihr zurück und legte sich heftig atmend neben sie. "Was ist denn?", fragte sie enttäuscht.

"Nicht so schnell", meinte er lächelnd, ihr verspielt durch die Haare streichend, "wir haben Zeit. Ich will keinen Quickie mit dir."

Wow, dachte Martina noch, ihn überrascht ansehend, und als er auch noch begann, sie nach allen Regeln der Kunst zu verwöhnen, hörten alle Gedanken auf.

Im Morgengrauen wurde Daniel wach. Hinter ihr liegend, hatte er im Schlaf den Arm um sie gelegt. Sich jetzt auf den Ellbogen aufstützend, betrachtete er sie sinnend.

Martina war ihm von Anfang an ins Auge gefallen; sie war anders als die sonst an der Kasse sitzenden Damen. Irgendwie hatte sie ihn interessiert. Eine hübsche junge Frau, die eine Frische und Wachheit ausstrahlte und etwas zu bieten hatte. Warum sie wohl dort gelandet war? Das hatte er sich mehr als einmal gefragt. So jemand wie sie hätte doch bestimmt einen besseren Job haben können.

Ein paarmal zufällig an ihrer Kasse gelandet, begann er, wenn er im Markt war, nach ihr Ausschau zu halten. Er

ertappte sich dabei, dass er überlegte, ob sie wohl einen Freund hatte; in jedem Fall sah er keinen Ring am Finger.
Irgendwann entschied er dann, es einfach mal zu versuchen und sie einzuladen. Anders bekam er sie nicht aus dem Kopf. Entweder man konnte die Sache abhaken oder es wurde mehr daraus. Wer wusste das schon? Seiner Einschätzung nach war sie nicht der Typ Frau, die auf eine platte Anmache reagieren würde, also dachte er sich etwas aus. Und es hatte funktioniert.
Beim gemeinsamen Flammkuchen war ihm schon bald klar geworden, dass er sie wiedersehen wollte. Was sie von ihren beruflichen Ambitionen erzählt hatte, war ungewöhnlich und interessant. Blonde Haare, strahlende, blaue Augen, etwas ernst vielleicht, aber offen für einen Schabernack. Und eine tolle Figur, hatte er gedacht, während er ihr hinterher sah, als sie auf das stille Örtchen ging ... wie sie wohl nackt aussah? Ein zufriedenes Lächeln erschien auf seinem Gesicht: Das wusste er jetzt und es war schön gewesen. Seine letzte, feste Beziehung war mittlerweile einige Zeit her und, bis auf ein paar Gelegenheiten, in denen er sich ausgetobt hatte, war da nichts. Irgendwann mal Frau und Kind... aber das musste sich auch ergeben. Allerdings war ihm klar, dass ihm jetzt, mit 39 Jahren, dafür nicht mehr allzu lange Zeit blieb. Denn ein Kind, das Opa zu ihm sagte ... nein, das war nicht sein Traum.
Die Museumsnacht mit ihr war wunderbar gewesen. Martina war eine aufgeweckte, attraktive und interessante Frau und er spürte, dass mit ihr viel möglich war. Vielleicht sogar die Frau fürs Leben?

Martina regte sich jetzt und drehte sich zu ihm. Daniel beugte sich zu ihr und flüsterte ihr ins Ohr, kleine, heiße

Küsse auf dem Hals verteilend: "Guten Morgen meine Schöne."

"Mmmh", schnurrte sie, sich reckend, "es war wunderbar mit dir."

Sie wandte sich ihm ganz zu und zog ihn zu sich, um ihn ebenfalls zu küssen und mit ihren Händen über seinen Körper zu wandern.

"Ich mag es, so aufzuwachen", sagte sie in einer Atempause und sah ihn an. Daniel lächelte und strich Martina zärtlich durch die Haare, während die Lust langsam erwachte, und sagte: "Dann sollten wir das noch öfter tun."

Kapitel 2 Beziehungsalltag

Es war ein Sonntag und schließlich entschieden sie, endlich aufzustehen. Das Wetter war sonnig und Daniel schlug vor, zusammen etwas essen zu gehen und sich an den Main zu setzen. Der gute Vorsatz war allerdings schnell vergessen, als Martina so verlockend unter der Dusche stand und er diese Gelegenheit einfach nicht verstreichen lassen konnte. Und so wurde es später Nachmittag, als sie nach einem kleinen Happen zum Main wanderten.

Arm in Arm auf einer Bank sitzend, stellte Daniel schließlich fest: "Ich glaube, es hat mich schwer erwischt, meine Süße."

Martina schmiegte sich eng an ihn. "Das geht mir genauso", erwiderte sie leise. So saßen sie noch eine ganze Weile still und bewegt zusammen, auf den Main schauend.

Das ist der siebte Himmel, dachte Martina euphorisch. Vor gut einer Woche hatten sie sich kennengelernt und jetzt? Das Leben hatte eine andere Färbung angenommen. Sie konnte kaum ihre Hände von ihm lassen und er war ein unglaublich interessanter Mann, der viel zu bieten hatte. Da würde mehr daraus werden, fühlte sie.

"Komm", meinte Daniel plötzlich, "wir holen alles, was du für die Nacht brauchst und dann bleibst du bei mir? Was hältst du davon? Ich mag dich nicht missen." Sanft legte er einen Finger unter ihr Kinn, während sie sich zu ihm drehte, und küsste sie innig.

Ich schmelze dahin, wie Schokolade in der Sonne, dachte Martina entrückt. Schließlich erhob sie sich atemlos und zog ihn lachend mit sich: "Dann lass uns gehen, bevor ich hier noch über dich herfalle!"

Daniel lachte jetzt ebenfalls und Hand in Hand liefen sie zu seinem Auto, das er gestern Abend in der Nähe des

Museums abgestellt hatte. Er fuhr zu ihrer Wohnung und wartete unten, während sie alles zusammen suchte, was sie benötigte. Der BMW wurde in der Tiefgarage verstaut und mit dem Aufzug fuhren sie in den 2. Stock und betraten seine moderne 3-Zimmer-Wohnung.

"Du hast einen guten Geschmack", stellte Martina anerkennend fest, jetzt alles in Ruhe betrachtend. Die Wohnküche war geräumig, größer als ihre, und ein riesiger Kühlschrank lachte sie an.

"Alle Achtung", sagte sie, "da passt ja die Verpflegung für einen ganzen Monat rein."

Daniel holte eine Flasche Wein und zwei Gläser, die er auf die kleine Kücheninsel stellte. "Was hältst du davon, wenn ich uns eine Kleinigkeit koche?"

"Hey", lachte sie, "du kochst?"

Lächelnd zog er sie an sich und meinte: "Ab und zu gerne. Wie wäre es mit einem schönen Risotto? Und danach weiß ich ein schönes Dessert."

Genießerisch seine Pobacken knetend schnurrte sie: "Das klingt verlockend."

"Komm, setz dich", nickte er ihr nach einem Kuss zu. Daniel machte leise Musik an und begann, an der Küchenzeile das Essen vorzubereiten. Martina setzte sich auf einen der Hocker, die an dem Tresenaufsatz standen und sah ihm fasziniert zu. Was für ein erstaunlicher Mann!

Später lagen sie mit einem Glas Wein in der Hand entspannt auf seiner großen Ledercouch.

"Das geht alles ganz schön schnell", meinte Martina nachdenklich.

"Zu schnell?", fragte Daniel, sie sanft streichelnd.

"Eigentlich nicht, ich komme nur kaum zum Luftholen."

Sie lagen lange da und redeten, bis sie gähnte und meinte, ob sie es vielleicht nicht doch mal mit Schlafen

versuchen sollten. Während sie sich im Bad für die Nacht zurechtmachte, stellte Martina beglückt fest, dass sie sich mit ihm rundum wohl fühlte. Als sie ins Schlafzimmer zurückkam, sah sie ihn entspannt auf dem Bett liegen, die Arme hinter dem Kopf gekreuzt. Er richtete sich lächelnd auf, um ihr das Nachthemd allerdings gleich wieder auszuziehen.
"Das brauchst du bei mir nicht", entschied Daniel und zog sie in seine Arme.

Am nächten Morgen fuhr er sie zum Supermarkt und fragte, ob er sie am Abend wieder abholen dürfte. Nach einem leidenschaftlichen Abschiedskuss machte sie sich an die Arbeit.
Ihre Kolleginnen im Supermarkt hörten sich erstaunt, und manche auch leicht neidisch, ihre begeisterten Schilderungen an. Annika sagte schmunzelnd: "Das klingt ja super! Liebe auf den ersten Blick, hmh? Wer wünscht sich das nicht?"
Carla warf skeptisch ein: "Daran glaube ich nicht. Warte nur ab - der Haken kommt bestimmt noch!"
Und Madeleine kommentierte: "Hör nicht auf sie. Genieß die Zeit, Schätzchen, es ist die Schönste!"
Und genau das wollte sie tun, entschied Martina. Ihre letzte Beziehung war lange her und dann noch so ein fantastischer Mann ... sie fühlte sich, als könnte sie die ganze Welt umarmen!

Am Freitagabend schlug Daniel vor, dass sie sich abends einen Film im Kino ansehen könnten und am Samstag vielleicht zum Shoppen in die Göthestraße. Lange hatte er es nicht mehr so genossen, mit jemanden zusammen zu sein; er stellte fest, dass er unglaublich gerne etwas mit ihr unternahm.

So ineinander verliebt gab es kaum noch ein Zeitgefühl und so erwachte Daniel am Sonntagmorgen, als die Vögel in der Frühe zu zwitschern begannen.
Sich auf den Ellbogen stützend, strich er ihr sanft durch die seidigen Haare. Martina war eine schöne Frau, dachte er ergriffen. Alles war unglaublich stimmig und er fühlte sich, als sei er endlich angekommen. Seine Hände begannen über ihren Körper zu wandern. So ein betörender Po, dachte er, und noch ein wenig weiter spürte er entzückt, wie feucht ihr Schoß noch von der feurigen Nacht war. Mmmh ... sie fühlte sich so gut an und plötzlich regte sich sein Appetit.
Er rückte an sie heran, um genussvoll und langsam in sie einzutauchen, während sie leise aufseufzte und sich ihm unwillkürlich entgegenstreckte. Ihren schlaftrunkenen Zustand für langsame Bewegungen in ihrer entspannten Weichheit nutzend, übergab er sich dieser Wonne.
Mit seinem heißen Atem an ihrem Ohr und seinen Händen auf ihren Brüsten, erwachte sie allmählich, während sein Glied in ihr erregend wuchs. Martina seufzte und erwiderte sein Verlangen genussvoll. Daniel flüsterte ihr ins Ohr: "Guten Morgen, meine Geliebte!"
"Guten Morgen", hauchte sie verträumt, sich der wachsenden Erregung hingebend. "Aaah ... wie wunderbar, so von dir geweckt zu werden!"
Jetzt Fahrt aufnehmend, fragte er sie, ob sie sich selbst auch stimulieren wollte? Das war noch so ungewohnt, dachte sie; bisher hatte kein Mann so direkt danach gefragt. Und die paar, die sie erlebt hatte, schienen immer davon auszugehen, dass allein ihre Männlichkeit genügte, um sie zufrieden zu stellen. Aber Daniel war da anders; ihm lag an ihrer gemeinsamen Lust und ihr Herz flog ihm zu.

Nach einer Weile begab sie sich, hungrig geworden, auf alle viere, um ihn mit ihrer einladenden Kehrseite zu mehr aufzufordern. Also kniete er sich jetzt aufrecht hinter sie ... und drang ungestüm in sie ein, während sie erregt aufschrie. Keuchend bearbeitete er jetzt ihren Schoß mit schneller werdenden, glutvollen Stößen, immer wieder den eigenen Höhepunkt hinauszögernd, um sie möglichst ausdauernd und ausgiebig zu genießen. Stöhnend presste er sich verlangend tief in sie hinein; er wollte sie besitzen und ausfüllen. Und er wollte, dass sie sich genauso nach ihm verzehrte.

Daniel zog sich aus ihr zurück, kniete vor ihr und versenkte sich mit seiner Zunge in sie, ihre Knospe dabei so intensiv bearbeitend, bis er sie lustvolle Schreie von sich geben hörte und sie laut um mehr bettelte. Zufrieden wanderte er mit der Zunge ein wenig höher, an einen weich geschlossenen Mund, um diesen ebenfalls genussvoll zu liebkosen.

Eine Abwehrspannung spürend fragte Daniel: "Was ist denn?"

"Ich glaube, das mag ich nicht", brachte Martina heraus.

"Im Ernst? Hast du es denn schon einmal versucht?", fragte er, während er innehielt.

Martina rollte sich auf den Rücken und sah ihn zweifelnd an. "Nein, aber ich kann mir nicht vorstellen, dass so etwas schön sein soll."

Daniel stützte sich auf den Ellbogen und schlug neckend vor, kleine Küsse auf ihrem Gesicht verteilend: "Lass dich doch mal überraschen. Du wirst staunen..."

Sie verheißungsvoll ansehend, nahm er ihre Hand: "Komm, streichle dich dabei. Ich höre sofort auf, wenn du nicht weiter willst."

Daniel legte er sich hinter sie, während sie sich seitlich drehte, bereit sich einzulassen, aber immer noch skep-

tisch. Als er wenig später ihr erregtes Seufzen hörte, massierte er sanft diesen weichen, zarten Mund mit seinem Finger und ein wenig Creme. Nach einer Weile, spürte sie, wie er begann, ganz langsam in sie hineinzugleiten. Aufseufzend antwortete sie ihm und hieß staunend diese unerwartet angenehmen Gefühle willkommen. Gemächlich sich in ihr bewegend stellte Martina fest, dass dieser Akt eine unglaubliche Intensität und nicht gekannte Intimität in sich barg. Und so tastete sie nach ihm, um ihn in sich hineinzuziehen und für eine ganze Weile war von beiden nur noch ein lustvolles Ächzen und Stöhnen zu hören.
Als sich ihm diese enge Höhle willig und geschmeidig unterworfen hatte, nahm Daniel Fahrt auf, während ihr lauter werdendes Keuchen ihn dabei befeuerte. Und als sie kurz vor dem Höhepunkt zu stehen schien, durchwalkte er schließlich diese köstliche Grotte so leidenschaftlich, dass sie sich aufschreiend der Ekstase ergab. Nun hielt auch er sich nicht länger zurück, um sich tief in ihr zu verströmen.
Martina lag anschließend bebend und bewegt da, berauscht von dieser neuen Erfahrung. Daniel zog sie innig an sich und ineinander verschlungen schliefen beide erneut ein.

Die Zeit verflog nur so und Martina fieberte den Abenden und den Wochenenden entgegen, bis sie ihn wiedersah. Jetzt kannten sie sich schon sechs Wochen und es blieb unverändert traumhaft, während die Gefühle gleichzeitig stärker wurden. Sie unternahmen an den Wochenenden immer etwas: mal war es eine Ausstellung, mal fuhren sie einfach auch in eine andere Stadt, um herumzubummeln, machten Spaziergänge auf dem Feldberg, gingen ins Kino und bei sich zu Hause war Martina nur noch, wenn sie etwas brauchte. Sexuell war Daniel eine Offenbarung. Variationen wurden genussvoll ausprobiert und sie ließ sich wonnig in diese unglaublichen Ekstasen fallen, die er ihr so gerne bescherte. Es blieben wirklich keine Wünsche offen, dachte sie beglückt.

Eines Samstags im Juni, als sie beim Frühstück auf seiner Terrasse saßen, meinte er: "Was hältst du davon, mein Liebling, wenn wir dir meinen Abstellraum als Arbeitszimmer einrichten? Dann kannst du hier am Laptop arbeiten."

"Hey", strahlte Martina neckend, "ist das etwa ein Heiratsantrag?"

Daniel grinste und nahm ihre Hand, sie zu sich auf seinen Schoß ziehend. "Ja, das könnte man das so sehen, Liebste", während er sie verliebt küsste. Plötzlich wurde er ernst: "Martina, Schatz, ich will dich ganz in meinem Leben haben ... kannst du dir das vorstellen?"

Daniel streichelte ihr Gesicht, während er auf ihre Antwort wartete. Martina sah ihn sinnend an und dachte, dass eine Heirat sowieso noch ein wenig früh war und er hatte ihren Kommentar sicher auch so eingeordnet. Aber sie spürte, dass es Daniel ernst war, mit dem, was er sagte. Sie beugte sich vor, um ihn innig zu küssen und sagte, ohne nachzudenken: "Ja, ich will!"

Mit einem tiefen Atemzug nahm Daniel sie fest in den Arm und sie hielten sich eine Zeitlang ergriffen umarmt. Es war ein schöner Tag und ein leiser Wind strich durch die Blätter der alten Kastanie vor der Wohneinheit, während von unten Kindergeschrei heraufdrang.

"Hey", meinte Daniel plötzlich, "was hältst du davon: Wir fahren zum Möbelcenter und schauen mal, was wir uns als gemeinsame Einrichtung aussuchen wollen, mmh? Das Arbeitszimmer gestaltest du ganz nach deinem Geschmack, mein Schatz. Und ansonsten darf hier ruhig

etwas verändert werden. Ich will, dass du dich hier ebenfalls zu Hause fühlst. Wir brauchen in jedem Fall einen größeren Schrank für deine Sachen und vielleicht auch ein bequemeres, größeres Bett?"
Martina strahlte ihn glücklich an und meinte, zwischen zwei Küssen: "Eine tolle Idee!"
Die nächsten zwei Wochen wanderten sie voller Vorfreude durch die verschiedenen Einrichtungshäuser und entschieden sich für ein anderes Schlafzimmer und einen größeren Schrank mit Spiegel-Schiebetüren, abgesehen von der Ausstattung ihres Arbeitszimmers. Sein Keller war groß genug, um einiges aus ihrer Wohnung dort unterzubringen und den Rest würde sie weggeben, entschied Martina.
Daniel schlug schließlich vor, dass sie ihre Arbeit im Supermarkt aufgeben konnte; sein Job würde für sie beide mehr als ausreichen. Martina schwieg zunächst dazu und beschloss nach einer Weile, dass sie das vielleicht später tun würde, wenn sie sich für ein Kind entschieden.
Als sie ihre Gedanken nach dem Abendessen bei einem Glas Wein vorsichtig einbrachte, freute sich Daniel und brummte glücklich, während er sie liebkoste, dass sie mit einem Kind nicht mehr Jahre warten sollten.

Ende Juni hatte Martina seit langem wieder mal einen ganzen Abend für sich. Daniel war wegen eines geschäftlichen Termins unterwegs und würde erst am späten Abend nach Hause kommen.
So schlenderte sie nach der Arbeit im Supermarkt zum Eisernen Tor am Main, wo sich an diesem warmen Abend viele Menschen auf den Wiesen tummelten. Weiter Richtung Innenstadt laufend blieb sie einem Dessous-Geschäft stehen und entschied spontan, dass sie

Daniel am Sonntag mit etwas wirklich Besonderem überraschen wollte. Schließlich hielt sie erfreut zwei zarte Teile in den Händen und machte sich langsam auf den Heimweg.

Samstags war relaxen angesagt und sonntags wollten sie am Vormittag einen kleinen Ausflug auf einem der Fahrgastschiffe auf dem Rhein bei Mainz machen.

Hätte ihr jemand vor einem Jahr gesagt, dass sie in ihrem Leben so viel Glück erleben würde, dachte Martina bewegt, sie hätte es ihm nie und nimmer geglaubt!

Kapitel 3 Die Unterwerfung

Am Sonntagvormittag waren sie früh losgefahren, hatten von Mainz aus die Rundfahrt genossen und danach im Restaurant gut gegessen. Zu Hause angekommen hatte Martina geheimnisvoll angekündigt, dass sie eine Überraschung für ihn hatte und so saß Daniel nach dem Kaffee entspannt und erwartungsvoll auf der Couch.
Und als sie plötzlich in der Tür erschien und mit einem unglaublich aufregenden Dessous aus feiner, durchsichtiger Spitze auf ihn zuschritt, hielt er unwillkürlich den Atem an.
"Wow", rief er begeistert aus, während sie sich vor ihm auf dem Boden niederließ, um ihm die Hose abzustreifen und sein bereits steif gewordenes Glied zu liebkosen. Er lehnte sich stöhnend zurück und wühlte aufgeregt in ihren Haaren, sich diesem wunderbaren Vorspiel ergebend. Ihre Zunge umspielte es genussvoll, leckend, knabbernd und gleichzeitig massierend. Aber nach einer Weile zog Daniel sie sanft zu sich empor – er wollte sie noch länger genießen.
Martina setzte sich breitbeinig auf seinen Schoß, sodass er auf ihr reizvolles Höschen schaute, um ihn leidenschaftlich zu küssen. Sie sah so erregend aus ... er knetete genussvoll ihre Brüste, bis sich ihm durch kleine Schlitze in der zarten Spitze die Brustwarzen steif entgegenstreckten! Gleichzeitig wanderte seine Hand zu ihrem Schoß und er entdeckte, dass das zarte Höschen ebenfalls einen verlockenden Schlitz aufwies, den seine Finger sofort erkundeten.
Stöhnend warf sie den Kopf zurück, während er sie massierte und ihren Anblick dabei genoss. Martina begann, sich jetzt langsam auf seine Männlichkeit zu setzen, die in diesem Höschen so entzückend verschwand.

Und als sie sich anschließend hoch und runter bewegte, während ihre Haare durch die Luft flogen, hielt Daniel sie hingerissen und immer erhitzter im Arm. Schließlich lehnte sie sich hingebungsvoll mit ihrem ganzen Gewicht zurück, den Kopf hintenüber hängend, nur noch von ihm gehalten. Aus den kleinen Öffnungen des seidigen Dessous ragten ihre steifen Brustwarzen aufreizend in die Luft und, unwiderstehlich davon angezogen, beugte Daniel sich vor, um sie mit dem Mund zu bearbeiten, zu knabbern und daran zu ziehen, was sie plötzlich mit einem Aufschrei quittierte.
"Au", sagte Martina, während sie sich aufrichtete und ihn vorwurfsvoll ansah.
Daniel umfasste sie lachend und, sie fest im Griff haltend, ging er mit ihr auf die Rückseite der Couch. Hinter ihr stehend drückte er sie sanft mit dem Oberkörper über die hohe Lehne, sodass sie jetzt kopfüber auf der Sitzfläche hing und sich mit den Händen dort abstützte.

Es machte ihn unglaublich an, sie so total in seinen Händen zu wissen, ging Daniel durch den Kopf, während er hinter ihr stand und ihr Becken festhielt. Heißblütig tauchte er in sie ein, während sie voll Wonne aufstöhnte. Dieser so aufreizende Anblick, seine steife Männlichkeit in dem Schlitz dieses, einen Mann um den Verstand bringenden, Spitzenhöschens versinken zu sehen, überwältigte ihn schließlich, sodass er voller Begierde feurig in sie peitschte, begleitet von ihren lustvollen Schreien.
Welch ein unbeschreiblicher Genuss, sie seiner Leidenschaft vollkommen ausgeliefert zu wissen, dachte Daniel erneut. Das war etwas, was ihn unsäglich erregte. Und er hatte viele Fantasien dazu, die er bisher noch nie

ausgelebt hatte. Ob er es wohl mit ihr könnte...? Martina war so wunderbar offen für alles.
Diesem Gedanken nachgehend, entschied Daniel, dass er es versuchen wollte. Es war einfach so schön mit ihr und er sehnte sich danach, mit ihr auch seine geheimen Wünsche auszuleben.

Daniel zog sie in seine Arme, stellte sich vor sie und begann, sie begehrlich zu küssen, gleichzeitig mit der Hand ihre Knospe ertastend, die er verlockend rieb. Martina warf den Kopf zurück, entrückt stöhnend, und so raunte er ihr zu, während er sie weiter erregte: "Stell dir vor, du bist mir und meiner Lust vollkommen ausgeliefert."
Sich in seinen Arm zurücklehnend hauchte sie keuchend: "Oh ja...."
Er saugte an ihren Brustwarzen und fuhr fort: "Lass es uns versuchen, Liebste, lass mich dich einmal fesseln. Gib dich ganz in meine Hände, mein Schatz..."
Martina beugte sich wieder zu ihm und sagte, wild vor Verlangen: "Tu mit mir, was du willst."
Bewegt stand Daniel still vor ihr und bat sie dann, einen Augenblick zu warten.
Verblüfft beobachtete Martina, wie er zwei Stühle herbeizog, auf die sie sich hinter die Couch knien sollte, ein Bein links und ein Bein rechts auf jeweils einen der Stühle. Und in der Mitte konnte er dann bequem hinter ihr stehen, erkannte sie mit einem Prickeln. Er holte ein großes Kissen, das er auf die Lehne der Couch legte, sodass sie weich mit dem Oberkörper darauf liegen würde und eine Rolle Paketband. Verlegen grinsend meinte er, eine weichere Schnur gäbe es dann das nächste Mal, er sei nicht vorbereitet gewesen.

So stand Daniel aufgeregt vor ihr und bat sie, die Hände auf den Rücken zu legen, was sie klopfenden Herzens tat. Das Dessous sanft ausziehend und überall heiße Küsse hinterlassend, wickelte er das Seil erst um ihre Hände und dann, zusammen mit den Armen, um ihren Oberkörper. Ihre zarten Brüste waren geschickt und dekorativ ausgespart; leicht hochgeschnürt ragten sie jetzt zwischen den Fesseln empor.

Sie erneut leidenschaftlich küssend, sagte Daniel: "Meine zauberhafte Traumfrau ... ich liebe dich!"

Er half Martina auf die Stühle und dann begann er eifrig damit, ihre Beine dort festzubinden, was sie lachend kommentierte. Schließlich war das Werk vollbracht und Martina lag mit dem Oberkörper auf dem Kissen. Was für ein außergewöhnlicher und fantasievoller Mann er doch war, dachte sie. Voll prickelnder Vorfreude sah sie dem Abenteuer erwartungsvoll entgegen.

Hinter ihr stehend, stellte Daniel immer aufgeregter fest, dass ein Traum wahr geworden war. So hatte er es sich immer schon vorgestellt! Mit weit gespreiztem Schoß, die Hände auf dem Rücken gefesselt und so wunderbar wehrlos, kniete sie jetzt vor ihm. Während Daniel sie ansah, schlug seine Aufregung allmählich in eine maßlose Erregung um.

Sich vor sie hockend, versenkte er seine Zunge genüsslich in ihre nasse Weiblichkeit. Gierig in diese so anziehende Frucht schmeckend grub er sich schlussendlich wild mit dem Gesicht so hinein, dass sie stöhnend und mit wonnigen Schreien reagierte, fast bis an den Rand der Explosion gebracht.

Jetzt glitt er mit seiner Zunge höher, zu diesem köstlichen, rosettenförmigen Mund und drang mit einem Finger in sie ein, während sie heftig keuchte und laut nach

ihm zu verlangen begann. Dieser Anblick brachte ihn noch um den Verstand, dachte er aufgewühlt, und massierte sich laut stöhnend seinen Glied so heftig, dass er selbst kurz vor dem Höhepunkt stand.
Martina lief ein Schauer nach dem anderen über den Körper und bebend erwartete sie den Sturm, der ihr bevorzustehen schien.
Daniel stand immer erhitzter hinter ihr, mit seinen Knien die Stühle plötzlich noch etwas weiter auseinanderdrückend, sodass sie ächzte. Er starrte auf ihren Körper, der sich ihm so traumhaft wehrlos anbot, während das Blut in seinen Adern zu sieden begann. Ohne nachzudenken bohrte er sich plötzlich keuchend, mit einer nicht gekannten Begierde, in ihren empfindsamen, weichen Mund hinein, ihn erbarmungslos aufzwingend.
"Aaah…!" Martina fuhr mit einem wilden Aufschrei hoch, als ein heißer Schmerz sie wie ein Messer durchfuhr. Aber Daniel drückte sie wortlos und unbarmherzig in das Kissen zurück. Verwirrt fragte sie sich, was plötzlich mit ihm los war, während der Schmerz sich mit ihrer Lust ziehend zu vereinigen schien und ein erregendes Frösteln ihren Körper durchlief.

Währenddessen überrieselten ihn wohlige, zutiefst befriedigende Schauer. Gierig glitt er in diesem zarten Mund hin und her, Martina unbeugsam auf das Kissen gedrückt haltend. Ihr Schrei hatte ihn zusätzlich erregt und, alle Gedanken ausschaltend, starrte er wie gebannt darauf, wie sich die zarte Haut unter seinem Glied endgültig ergab ….
Und wieder überwältigte ihn ein so bodenloser Rausch, dass er sich überschäumend und voller Gier in diese wunderbar enge Lustgrotte hinein grub. Jeder Widerstand wurde ekstatisch überwunden, und, von ihren

Schreien unfassbar befeuert, erlebte er ein euphorisches Hochgefühl.

Und wieder ergriff ein heißer Schmerz von ihr Besitz, durchdrang schneidend ihren Körper, während ihr Liebster sie ohne jede Rücksicht behandelte. Vollkommen fassungslos lag sie, von ihm eisern niedergehalten, wie erstarrt auf dem Kissen, ihm jetzt auf Gedeih und Verderb ausgeliefert. Und dann verbrannte dieser Schmerz in der Flamme einer, sie in den Wahnsinn treibenden, Lust, die er, sie wieder stimulierend, herbeiführte.
Martina nahm unendlich verwirrt wahr, wie aus einer dunklen Tiefe ganz langsam eine Gier in ihr emporkroch, die diese feurig brennende Lust drängend herbeisehnte.

Aaah ... wie rasend er Martina auf diese Weise begehrte! Heftig atmend ihr eine kurze Pause gönnend, bewegte sich Daniel langsam in ihr und bearbeitete ihren Kitzler, während sie wieder genussvoll ächzte und ihr zarter Mund immer fügsamer sein Glied so köstlich eng umarmte.
Und wieder begann das Blut in seinen Ohren zu rauschen und er stieß voll gieriger Leidenschaft unbarmherzig in sie hinein. Triumphierend versenkte er sich mit einem Aufschrei bis zum Grund vollständig in ihrem nachgiebigen Körper ... und noch paar heftige Schübe, diesen Siegeszug festigend. Es war so grenzenlos gut, dachte Daniel, jetzt vollkommen trunken.
Wie eine Naturgewalt in sie hinein treibend, hörte sie sich wild schreien ... Es schien nichts anderes mehr möglich zu sein, als sich vollständig einem fürchterlich wollüstigen Schmerz zu ergeben, der sie jetzt komplett ausfüllte, von Kopf bis Fuß, ihren ganzen Körper jetzt zitternd erfassend.

"Ja, ich will es ... bitte... nicht aufhören!"
War sie das gerade gewesen? Hatte sie das wirklich gesagt, dachte sie im nächsten Moment entgeistert, ehe sie sich der nächsten Welle ergab. Denn Daniel erregte sie, bis sie wie Wachs in seinen Händen zerfloss. Hemmungslos weiter in sie hineintreibend, angefeuert von ihren Schreien und ihrem Stöhnen, überließ er sich schließlich einem animalischen Rausch. Und irgendwann hörte sich Martina unbändig hinausbrüllen, wie sehr sie ihn so wollte!

Daniel fühlte eine Dimension der Lust, wie er es noch nie erlebt hatte, dachte er irgendwann, endgültig auf der Höhe eines unbekannten Rausches angekommen. Nicht genug bekommen von diesem Akt ihrer vollkommenen Unterwerfung, machte er sich jetzt mit seinem Mund und seinen Händen über ihren ausfließenden Schoß her, sodass sich ihr Körper unter seinen Händen aufbäumte und von einem gewaltigen Orgasmus erfasst wurde. Daniel warf sich noch einmal über sie und ergoss sich schließlich aufschreiend in ihrem heißen Schoß, bevor er über ihr zusammensank, am Ende seiner Kraft.

Nach einem völlig entrückten Moment, in dem von beiden nur noch ein Atmen und Seufzen zu hören war, raffte er sich wankend auf, um sie von den Fesseln zu erlösen und ihr auf die Beine zu helfen.
"Martina, mein Liebling", bewegt stand Daniel vor ihr und wollte sie innig in die Arme ziehen. Aber nach der ersten Verblüffung stellte er erschrocken fest, dass sie ihn abwehrte und vor ihm zurückwich.
"Schatz..." Langsam zur Besinnung kommend, dämmerte ihm, dass es nicht nur schön für sie gewesen sein

konnte, auch wenn er sich bemüht hatte, dass sie auf ihre Kosten kam.

Martina stand aufgewühlt vor ihm und sah ihn an, kaum eines Wortes fähig. Sie fühlte sich unbeschreiblich - sie wusste selbst nicht wie - ihr Körper noch bebend und brennend vom gerade unvorstellbar Erlebten!

Nach einer gewaltigen Ohrfeige packte sie ihre Sachen zusammen und verließ seine Wohnung ohne ein Abschiedswort.

Aufgelöst ging sie zu ihrem Auto und fuhr nach Hause, am ganzen Körper zitternd.

Kapitel 4 Verwirrung

Zu Hause angekommen, warf Martina ihre Sachen auf den Boden, ließ ein heißes Bad ein, nahm ein paar Duftkugeln dazu und tauchte ab in das heiße Wasser. Bestimmt eine Stunde lag sie einfach nur da, immer wieder heißes Wasser nachfüllend.

Ihre Hände wanderten irgendwann wie von selbst tröstend über ihren Körper, sich sanft liebkosend. Vorsichtig ertastete sie die so gewaltig bearbeiteten Regionen, um festzustellen, dass sich zwar alles wund anfühlte, aber es war anscheinend nichts geschehen, was nicht wieder nach ein paar Tagen in Ordnung kommen würde. Martina atmete tief durch und entspannte sich allmählich. Langsam kam sie wieder zu sich, stellte sie fest, und damit brandete eine gewaltige, unbändige Wut hoch: Wie hatte Daniel nur so rücksichtslos ihre Wehrlosigkeit ausnutzen können!

Aber gleichzeitig fühlte sie sich unbeschreiblich verwirrt. Denn bestürzt erinnerte sie sich fast überdeutlich daran, wie sehr sie es am Ende gewollt, ja, wie entsetzlich lustvoll es sich sogar angefühlt hatte. Hatte sie wirklich geschrien, dass sie danach auch noch verlangte?!

Ein Schaudern durchlief sie und gleichzeitig machte sich ein Prickeln in ihr breit. Zu was hatte sie ihn aufgefordert ... War das wirklich sie gewesen? Fassungslos ließ sie sich unter Wasser sinken. Nach Luft schnappend tauchte sie schließlich auf und fragte sich, wie man etwas, was wehtat, erregend finden oder sogar wollen konnte?! Das war nicht normal, befand Martina schließlich hart. Im Grunde genommen erkannte sie sich selbst nicht wieder.

Aus dem Bad kletternd, hörte sie ihr Handy klingeln. Ein kurzer Blick zeigte ihr, dass es Daniel war. Sofort kochte ihre Wut hoch und zitternd drückte sie auf dem Handy

herum, um überschäumend loszuschreien: "Du Mistkerl, ich hasse dich! Ich will dich nicht mehr wiedersehen!"
Danach saß sie auf der Couch, aus dem Fenster starrend, während ihr die Tränen die Wangen herunterliefen.
"Daniel, oh Daniel", schluchzte sie schließlich herzzerreißend, sich jetzt auf der Couch zusammenkrümmend, "ich liebe dich so sehr. Wie konntest du mir das nur antun?!"
Irgendwann versiegten die Tränen und sie schaute schmerzerfüllt und leer auf die Trümmer ihrer, bis Sonntagmittag noch so traumhaften, Liebesbeziehung.

Am Montagmorgen ließ sie sich krankschreiben. Martina wollte in dieser Woche nicht das Risiko eingehen, dass er plötzlich vor ihr stand. Im Grunde wollte sie Daniel nie mehr wiedersehen. Sie konnte ihm das nicht vergessen und ihr bedingungsloses Vertrauen war zerbrochen. Dazu kam dieser unfassbare, nicht lösbare Konflikt in ihr selbst – sie wollte und konnte sich damit nicht auseinander setzen.
Daniel rief gefühlte, eintausend Male an, schickte unzählige SMS und stand vor ihrer Haustür mit einem großen Strauß roter Rosen. Martina öffnete ihm nicht, sondern ließ ihn da stehen; sollte er doch verschimmeln, dachte sie schmerzlich wütend.
Schließlich war sie eine Woche später wieder auf der Arbeit und hörte sich die üblichen Wochenendgeschichten der Frauen an.
"Und, Martina, wie war es mit deinem Traumboy?", fragte Annika neckend.
"Den habe ich zum Teufel geschickt", brach es aus ihr heraus. Die anderen schauten sie erschrocken an, die Intensität spürend.

"Was war denn los", fragte Carla teilnahmsvoll, "hat er dich betrogen?"
Martina schaute in die Runde und sagte dann langsam: "Naja, das nicht. Aber er wollte im Bett Dinge von mir..."
Sie brach ab, denn eigentlich wusste sie nicht, wie sie das erzählen sollte. Ella grinste vielsagend und meinte: "Sei doch froh, dass es nicht nur der 08/15-Sex ist. Was war denn so schlimm daran?"
Martina aber schwieg sich jetzt aus und schließlich war die Pause vorbei. Auf dem Weg zur Kasse fragte Annika: "Hast du Lust auf einen Apfelschorle heute Abend? Nur wir zwei Mädels."
Zögernd erwiderte sie: "Gerne."
Also zogen sie nach Dienstschluss los und wanderten zum Mainufer. Auf dem dort ständig liegenden Ausflugsschiff konnten sie einen Tisch für sich ergattern.
Annika begann: "Das kenne ich auch, was du vorhin sagtest. Da will der Kerl Dinge, die einen überfordern. Denkt, ich bin als Freundin für seine Lusterfüllung zuständig. So einen hatte ich auch mal, sage ich dir."
Martina schaute vor sich hin: "Dabei liebe ich ihn und bis jetzt war einfach alles so traumhaft. Ich dachte, er ist mein Mann fürs Leben ... wir wollten Kinder. Und jetzt ..."
"Wenn du magst, erzähl doch mal", meinte Annika, "es tut immer gut, mit jemanden darüber zu reden."
Schließlich gab sich Martina einen Ruck und berichtete von jenem Sonntag. Wie sie ihn mit einem tollen Dessous überrascht hatte und es alles so wunderbar begonnen hatte. Plötzlich hatte er sie fesseln wollen.
"Und, hast du?", fragte Annika gespannt.
"Weißt du, es war bisher so erfüllend und himmlisch mit ihm; wir haben bisher immer gerne und viel ausprobiert.

Also habe ich mich darauf eingelassen", sagte Martina langsam.
"Und dann?"
"Es war sehr aufregend am Anfang und schön …."
Wieder stockte ihre Stimme und Annika legte anteilnehmend eine Hand auf ihren Arm. "Und dann änderte sich von einer Sekunde auf die andere alles. Er wurde plötzlich rücksichtlos und ihm war es egal, ob er mir wehtat. Er hat plötzlich auf nichts mehr reagiert, im Gegenteil…."
Annika sah sie schweigend und mitfühlend an. Und langsam brach ihr Kummer aus ihr heraus: "Daniel war wie umgedreht; es war, als ob ein Fremder mir das antut und ich war ihm so ausgeliefert."
Martina machte eine Pause, sah Annika verzweifelt an, und sagte dann langsam, fast flüsternd: "Aber das Allerschlimmste daran war, dass ich es zum Schluss auch noch wollte…"
"Wie jetzt?", fragte Annika. "Du wolltest es?"
"Ich weiß, das ist komplett verrückt, aber genau damit komme ich überhaupt nicht klar. Auf der einen Seite hat er sich bemüht, dass es schön für mich ist. Und das war es immer wieder auch. Auf der anderen Seite war Daniel dann einfach nur brutal und es hat weh getan. Aber … irgendwann bin ich ganz fürchterlich darauf abgefahren! Annika, ich weiß nicht, was ich denken soll. Das ist doch nicht normal, oder?"
Sie sahen sich beide an.
Annika sah sie tiefgründig an und meinte schließlich, "Klar, das ist ungewöhnlich. Wenn dir weh getan wird, dann ist das ja eigentlich nichts Tolles. Aber vielleicht hast du ja eine Veranlagung, von der du bisher nichts wusstest?"
Martina sah sie irritiert an, wie das gemeint war, aber Annika blickte sie nur ernst und abwartend an.

"Wie ... was meinst du damit?"
"Schon mal was von SM gehört?"
"Naja, aber das ist nun wirklich nichts für mich", meinte Martina sofort ablehnend. "Ich steige bestimmt in keine Lacklederkluft und schwinge die Peitsche!"
"Naja, es gibt viele Möglichkeiten; das muss jeder für sich entscheiden. Aber im Prinzip geht es in die Richtung, die du erzählst. Dass es bei der Lust auch wehtun darf und dass das wiederum lustvoll ist. Allerdings brauchst du dafür einen verantwortungsvollen Partner. Denn es geht nicht wirklich darum, dem anderen aus dem eigenen Rausch heraus einfach mal so Schmerzen zuzufügen", erklärte Annika. "Vorrangig geht es immer um deine Lust, denn du bist diejenige, die entscheidet, welche Art von Schmerz und welche Intensität du genießen willst, nicht dein Partner."
Martina saß schweigend da, das Gehörte verarbeitend. Plötzlich sah sie sie interessiert an: "Hey, woher weißt du sowas?"
"Dreimal darfst du raten", grinste Annika. Plötzlich musste Martina ebenfalls lächeln und sie wusste im gleichen Moment, dass sie eine neue Freundin gewonnen hatte.
"Hör mal", meinte diese, "wir gehen zu mir und ich erzähle dir mehr darüber."

Sie saß mit Annika noch die halbe Nacht zusammen. Annika erzählte ihr, dass ihr damaliger Freund ihr von seiner Neigung erzählt hatte und sie anfangs sehr ablehnend gewesen war. Aber irgendwann hatte es sie doch gereizt und sie hatte ihn gebeten, ihr mehr davon zu erzählen. Überrascht hatte sie festgestellt, dass sie die Gedanken daran nicht mehr losließen und so fing alles an. Allerdings hatten sie vorher viel darüber gesprochen und er hatte ihr zunächst nur erzählt, was er

mit ihr vorhatte und allein das war schon gewaltig erregend gewesen. Nichts mit Lack und Leder oder den ganzen Klischees, die man aus Filmen so kannte. Das Ganze lief dann sehr zärtlich ab; er gab ihr das Gefühl, dass er Herr über sie und sie ihm vollkommen ausgeliefert war. Aber gerade das war so extrem lustvoll für sie gewesen, dass aus dem einen Mal mehr wurde.
Allerdings gab es auch die Vereinbarung, dass jederzeit, auf ihr Verlangen hin, sofort abgebrochen wurde.
"So, wie sich das anhört", kommentierte Annika, "ist genau das bei euch gewaltig schief gelaufen. Ihr habt vorher nicht darüber gesprochen und nichts vereinbart. Gut, du weißt jetzt, dass ein Schmerz äußerst luststeigernd sein kann, aber das geht auch ganz anders. Und das Vertrauen ist erst mal hin, stimmt's?"
"Du sagst es", stimmte Martina traurig zu.
Beide saßen mit einem Weinglas in der Hand eine Weile schweigend auf dem Sofa. Schließlich sagte Martina, tief durchatmend: "Das muss ich alles erst einmal verdauen. Aber vielleicht sollte ich wirklich mal in der Richtung weiter sehen. Übrigens: Bist du mit dem Mann denn noch zusammen?"
"Mittlerweile nicht mehr. Meinen Schatz habe ich über das Internet kennengelernt und wir haben beide die gleiche Neigung. Hör mal, wenn du willst: Ende des Monats findet in einer alten Burg eine besondere Party statt, nach dem Motto "Alles kann, nichts muss." Du bleibst in unserer Nähe und siehst dir alles einmal an. Ein Nein zu akzeptieren ist Voraussetzung für die Teilnahme; in dem Punkt brauchst du dir wirklich keine Sorgen machen."
Martina sah sie still an und meinte schließlich: "Das ist ein super Angebot und ich überlege es mir. Ich sage dir noch Bescheid." Danach verabschiedete sie sich und wanderte nach Hause.

Die nächsten Tage dachte sie viel darüber nach und las im Internet jede Menge Erfahrungsberichte. Und sie stellte fest, dass es anderen Frauen genauso ergangen war, als sie entdeckten, dass ein Schmerz auch enorm lustvoll sein konnte. Erleichtert beschied Martina schließlich, dass mit ihr alles in Ordnung war und es da eben eine, bislang unbekannte, Normalität gab.

Zu ihrer wachsenden, immensen Wut auf Daniel gesellte sich eine grenzenlose Traurigkeit. Ihre ganzen, wunderschönen Zukunftspläne waren innerhalb von ein paar Stunden unbarmherzig zerschmettert worden.
Das Gespräch mit Annika im Kopf, kam ihr plötzlich der Gedanke: Hatte er es vielleicht nicht besser gewusst? War es für ihn so überwältigend gewesen, dass er die Beherrschung vollkommen verloren hatte? Ihr fiel ein, dass Daniel sie davor gefragt hatte, ob sie einverstanden war und sie hatte ihm im Höhenflug unbewusst den Freifahrtschein gegeben: "Mach mit mir, was du willst."
Oder hatte er ihre Erregung geschickt ausgenutzt und sie bewusst überrumpelt? Daniel musste doch gemerkt haben, dass er ihre Grenzen gnadenlos überschritten.
War das der vielbeschworene, berühmte Haken an der Sache, der jetzt zum Vorschein kam, weil er sich ihrer sicher gefühlt hatte? Ratlos dachte Martina schließlich traurig und schmerzerfüllt: Wie kann ich ihm jemals wieder vertrauen?

Immer wieder versuchte Daniel, einen Kontakt herzustellen. Er stand am Band, passte sie am Supermarkt ab, wartete vor ihrer Wohnung, rief sie an und schickte E-Mails. Aber sie ignorierte ihn und ließ ihn komplett auflaufen. Schließlich schrieb sie ihm eine E-Mail: "Lass es einfach, Daniel. Unsere Beziehung ist an jenem Sonntag

gestorben. Wie soll ich je wieder Vertrauen zu dir haben? Martina."
Alles, was er schrieb oder ihr im Vorbeigehen verzweifelt zu sagen versuchte, dass es ihm unendlich leid täte, dass er das nicht hätte tun dürfen, dass er gedacht hatte, dass sie es auch wollte und dass er sie doch liebte … all das überzeugte sie nicht. Diese Wunden mussten erst einmal heilen, dachte Martina irgendwann müde, dann würde sie weiter sehen.

Und in der Zwischenzeit? Was Annika ihr erzählt hatte, und was sie an Erlebnisberichten und Beschreibungen im Internet dazu gefunden hatte, wie Paare diese gewaltige Intensität von Lust durch ein gezieltes Erleben von Schmerz herbeiführten - das unterschied sich deutlich von dem, wie Daniel sich verhalten hatte. Martina spürte, dass sie mehr darüber erfahren musste. Die Schilderungen lesend gestand sie sich ein, dass es sie prickelnd und unwiderstehlich anzog.
Außerdem würde es sie von den Gedanken an Daniel ablenken und so sagte sie am Tag darauf zu Annika, dass sie zur Burgparty mitkommen wollte.
"Hey, das ist schön. Was hältst du davon, wenn wir uns am Freitagabend zu dritt treffen? Dann lernst du gleich mal Finn, meinen Schatz, kennen."
Martina sagte erfreut zu und so saßen sie an einem schönen Abend im Juli an einem der Tische am Eisernen Steg und schauten dem bunten Gewimmel zu.
Finn war wohl nur ein paar Jahre älter als Annika und ein sympathischer Mann. Er erzählte, dass er mit seiner kleinen Sanitärfirma gut zu tun hatte. Leider auch am Wochenende und vorzugsweise an Feiertagen im Winter, wenn den Leuten einfiel, dass die Heizung nicht mehr in Ordnung war, ergänzte er humorvoll.

"Annika hat erzählt, dass du mitkommen möchtest?"
"Ja", meinte Martina. "Ich habe gerade Neuland vor mir. Leider ist die erste Erfahrung in der Richtung mit meinem Ex fürchterlich gewesen. Trotzdem reizt es mich und ich will es mir erst einmal anschauen."
"Hmh, dein Ex ... wie lange ist das denn her, wenn ich fragen darf? Habt ihr denn nicht darüber reden können?", fragte Finn.
"Naja, zwei Wochen und darüber gesprochen haben wir nicht mehr. Ehrlich gesagt hatte ich die Nase voll und weiß auch nicht, was das jetzt noch bringen soll."
"Na gut, das ist deine Entscheidung. Aber es ist immer gut, zu klären, was passieren soll und darüber zu sprechen, was passiert ist. Sonst kann kein Vertrauen entstehen", meinte er nur.
Martina sagte dazu nichts. Vertrauen ... das war erst einmal hin. Wie sollte es sich wieder aufbauen und wie konnte das mit einem Reden gelingen? Sie schob die Gedanken beiseite, Daniel, so gut es ging, aus ihrem Leben verdrängend. Nach ihrer letzten Nachricht an ihn herrschte wenigstens schon mal Funkstille.
"Wie läuft es eigentlich dort ab? Und was ziehe ich dafür an?", fragte Martina, das Thema wechselnd.
"Manche kommen in mittelalterlichen Kostümierungen, die viel Haut zeigen; die Frauen zum Teil mit High Heels und mit vielen, heißen Dessous. Du kannst aber auch mit einem schulterfreien Kleid erscheinen. Es sollte deine Figur betonen und es steht dir frei, soviel von dir zu zeigen, wie du willst, Martina." Annika grinste sie an und Finn schmunzelte.
"Wir sind zwar zu dritt da - aber wir beide werden uns natürlich auch mal zurückziehen", meinte Annika vielsagend. "Vielleicht hast du ja sogar Spaß daran, und, wie ich dir schon gesagt habe: Ein Nein wird dort respektiert.

Zur Not treffen wir uns draußen am Auto, wenn es dir zu blöd werden sollte."

"Ich komme schon zurecht", stellte Martina selbstbewusst klar. "Und es ist vielleicht besser, ich fahre mit meinem eigenen Wagen hin; dann bin ich frei, die Party zu verlassen, wenn ich gehen möchte."

"Prima", meinte Annika. So war der Samstagabend beschlossene Sache.

Kapitel 5 Eine andere Welt

Am Samstagnachmittag machte sich Martina auf den Weg. Sie hatte zwei Stunden Fahrt vor sich und wollte in Ruhe ankommen.
Während der Woche hatte sie sich ein eng anliegendes, schwarzes, rückenfreies Minikleid mit tiefem Ausschnitt und Spagettiträgern gekauft. Es hatte ihr Spaß gemacht, sich dieses aufreizende Kleid auszusuchen; dazu noch ein silberner Armreif für den Oberarm – das passte gut für eine Burgathmosphäre. Natürlich hatte sie mal kurz darüber nachgedacht, ob sie sich da nicht ein bisschen vorschnell in ein Abenteuer hineinstürzte. Die Trennung von Daniel war noch nicht überwunden - aber andererseits war alles besser, als zu Hause zu sitzen und sich die Augen auszuweinen. Und gleichzeitig spürte Martina aufgeregt, dass sie dieses neue Terrain unbedingt kennenlernen wollte.

Es war ein warmer Sommerabend im Juli und Martina hatte sich einen lockeren Mantel übergezogen und machte noch einen Spaziergang. Wie es wohl werden würde?
Auf die Uhr schauend ging sie zurück zum Parkplatz und sah jede Menge PKWs, die gerade eintrafen. Viele Paare stiegen aus, Frauen mit schicken High Heels und Netzstrumpfhosen, zum Teil in langen Gewändern und kostümiert, und es schienen etliche Männer auch ohne Partnerin gekommen zu sein. Und da waren auch schon Finn und Annika. Sie winkte ihnen zu und zu dritt machten sie sich auf den Weg zum Eingang. Nachdem die Karten gecheckt worden waren konnten sie ihre Mäntel an der Garderobe abgeben. Es erwarteten die Gäste zwei Damen in sehr sinnlichen Dessous, die mehr zeig-

ten, als sie verhüllten. Gemessen an ihnen kam sich Martina fast bieder vor, als sie den Mantel abgab.
"Hey", meinte Annika erfreut, "du sieht sexy aus."
Finn warf ihr einen anerkennenden Blick zu und Martina gab das Kompliment gerne zurück: "Annika, dein Outfit ist mehr als verführerisch - das hätte ich mich nicht getraut!"
Ihre neue Freundin hatte ein rotes, enganliegendes, kurzes Kleid an, dessen Spagettiträger nicht über den Schultern lagen, sondern sich über das Brustbein hinabzogen, raffiniert ihre vollen Brüste aussparend. Diese wurden nur durch ein durchsichtiges Glitzer-Nylongewebe bedeckt. Annika flüsterte ihr verschwörerisch grinsend zu: "Rate, was ich darunter anhabe..."
Finn offenbarte sich in knallenger Lederhose und einem durchsichtigen, dunkelgrauen Mesh-Shirt. Nach dem Willkommens-Drink wanderten sie durch die, mit Fackeln beleuchteten, Räume.
In einem großen Saal war Tanz mit einem Mix aus verschiedenen Musikrichtungen angesagt; dann gab es eine ruhigere Cocktailbar und eine Möglichkeit, sich auch mal hinzusetzen und sich zu unterhalten. Später sollten die Verliese in den unteren Gewölben geöffnet werden, in denen sich jeder so verlustieren konnte, wie er wollte.
Finn bestellte die Cocktails und sie setzten sich gemeinsam an die Bar, um das Publikum zu bestaunen. Da waren Dessous in allen Farben und Formen zu sehen, Lack und Latex, mehr zeigend als verhüllend. Männer präsentierten sich als Wikinger, Polizisten und anderen, coolen bis ebenso heißen, Outfits. Ein Mann lief mit einem Ganzkörper-Bodypainting herum und manche Frauen oben-ohne, mit bunten Wipfeln an den Brustwarzen ... es schien eine andere Welt zu sein.

"Und, wie gefällt es dir hier?", fragte Annika.
"Aufregend und spannend. Das sieht man so normalerweise nicht", kommentierte Martina interessiert.
Finn grinste: "Nicht wahr? Das hat was!"
Nach dem Cocktail fragte er: "Ladies, wie sieht es mit einem Tänzchen aus?"
Gesagt, getan. Und schon bewegten sie sich inmitten einer bunten Menge zu den Rhythmen. Nach einer Weile merkte sie, wie Annika und Finn allmählich nur noch Augen füreinander hatten und, als ein Schmusetanz aufgelegt wurde, wanderte sie zur Cocktailbar zurück.
Martina spürte plötzlich, wie sie gemustert wurde und schließlich tauchte ein Mann vor ihr auf: "Lust auf ein wenig Gesellschaft?"
Geschätzt war er in ihrem Alter, hellbraune, gestylte Haare, der erotische drei-Tage-Bart, schwarze Springer Stiefel, Navy-Hosen und ein schwarzes Tank-Top. Warum nicht, dachte sie, er kam sympathisch rüber. "Gerne."
Er bestellte zwei Cocktails und sie unterhielten sich über das Fest. Martina erzählte, dass es ihr erstes Mal war, während er wohl schon ein paarmal die Party genossen hatte.
"Und, wie wär's mit einem erregenden Abenteuer?", fragte er sie schließlich lächelnd. Unwillkürlich erwiderte sie sein Lächeln. Ein ansprechender Mann, so ihr erster Eindruck, und vielleicht die beste Medizin, um über Daniel hinwegzukommen, dachte sie spontan.
"Warum nicht", antwortete sie kokettierend. "Aber es hängt davon ab, was geschehen soll."
"Was wünscht du dir denn?" Interessiert betrachtete er sie prüfend. Sehr anziehend und sexy, aber sie wirkte hin- und hergerissen.

"Naja … ich weiß nicht so recht, wie ich es sagen soll. Also ", verdammt ist das schwer, dachte Martina und gab sich einen Ruck, "… ich empfinde Schmerz beim Akt als lustvoll."

"Hmh, das lässt sich einrichten", grinste er sie einladend an.

Sie musste lachen und erwiderte: "Und was schlägst du vor?"

Jan musterte sie nachdenklich. Sie kam ihm ein bisschen wie eine Jungfrau vor dem ersten Mal vor. Attraktiv und sympathisch, aber verkrampft. Das lockere Vergnügen schien es jedenfalls nicht zu werden. Hoffentlich nicht zu kompliziert. Er beschloss, einen ersten Körperkontakt herzustellen und dann würde er weiter entscheiden.

Jan beugte sich zu ihr und begann, sie engagiert zu küssen. Überrascht ließ Martina seinen Kuss zu und stellte fest, dass er nicht nur gut roch sondern sich auch angenehm anfühlte. Sie sahen sich an und er legte eine Hand auf ihr Bein: "Immer noch Interesse?"

Sie betrachtete ihn und dachte atemlos: Na, der geht ja ran! Klar, er wollte herausfinden, ob etwas mit ihnen laufen könnte und hatte ihr damit die gleiche Gelegenheit gegeben. Okay, sie hätte sich instinktiv sofort weggedreht, wenn sie es nicht gewollt hätte; die Chemie zwischen ihnen schien zu stimmen. Andererseits: bloß kein neues Desaster!

Während sie ihn anschaute, spürte sie eine wachsende Aufregung in sich, fast eine Art Vorfreude, und den immer stärker werdenden Wunsch, sich auf das Abenteuer einzulassen. Ja, erkannte Martina, sie sehnte sich danach, mehr über diese dunkle Seite in sich zu erfahren, die sie prickelnd zu rufen schien.

Schließlich sagte sie: "Ja und Nein."

Er hatte es ja geahnt, dachte Jan seufzend; aber sie schmeckte süß und sein Interesse war geweckt, also fragte er: "Was heißt Nein?"

Zögernd brachte Martina heraus: "Ich will den Schmerz bei der Lust erleben, aber ich will mich auch nicht vergewaltigt fühlen oder dabei verletzt werden."

"O.K., das letztere will ich auch nicht. Aber du musst mir schon sagen, was du und wie du es willst."

Martina seufzte. Genau das war ihr selbst nicht klar. Was konnte sie ihm also sagen? Sie sollte es wohl für dieses Mal beim Zusehen belassen; so hatte sie es sich ja auch vorgenommen, dachte sie schließlich.

"Das kann ich gar nicht so genau sagen. Vielleicht ist es besser, ich sehe mich erst mal um, um das herauszufinden. Vermutlich ist es einfach noch zu früh für mehr. Tut mir leid und danke für den Cocktail", entschied sie und wollte aufstehen. Jan nahm rasch ihre Hand, sie festhaltend, und sagte: "Nicht so schnell, warum gibst du schon auf? Vorschlag: Was hältst du davon, wenn wir uns zusammen umschauen? Und wenn du auf etwas Appetit bekommst, dann könnten wir das ja mal ausprobieren."

Verdutzt sah sie ihn an. Es war eine starke und warme Hand, dachte sie unwillkürlich. "Also … ich kann dir aber nichts versprechen …"

Plötzlich erschienen Annika und Finn neben ihr: "Alles in Ordnung?" Skeptisch musterten sie Jan, mit Blick auf den Griff um Martinas Hand. Dieser ließ sie los und grinste: "Hey, ich bin Jan. Ich habe ihr nur angeboten, sie heute Abend zu begleiten."

Und Martina ergänzte: "Wirklich, alles okay. Jan, ich bin Martina und das sind meine Freunde Finn und Annika."

Nachdem sich alle wieder entspannt und ein paar Worte gewechselt hatten, schlug Finn seiner Freundin verheißungsvoll vor, sich doch mal langsam ans Werk zu machen. Hand in Hand verschwanden sie schließlich, nicht ohne dass Annika ihr noch einmal verschwörerisch zuzwinkerte.

Während Martina den beiden nachsah, regte Jan ebenfalls an: "Was hältst du davon, wenn wir auch mal herumgehen?"

Martina stimmte zu und so liefen sie zusammen die Treppe hinunter und schlenderten durch die Räumlichkeiten.

Das Gewölbe war in verschiedene Nischen untergliedert, stellte sie fest. Und jede dieser Nischen war verschiedenfarbig mit Tüchern ausgeschlagen und beinhaltete Spielzeuge; unter anderem den Strafbock oder das Andreaskreuz. Viele Einbuchtungen hatten auch nur Ösen oder Haken, die an der Wand befestigt waren oder von der Decke herunterhingen. Martina bemerkte, dass Vorhänge vorhanden waren und die jeweiligen Paare entschieden damit, ob sie Publikum zulassen oder für sich sein wollten.

Als passende, leise Hintergrundmusik ertönten altertümliche Harfenklänge und die geschickt gestaltete Beleuchtung gab dem Ganzen eine leicht verruchte Atmosphäre.

In einer Nische sah sie Annika, die sich gerade von Finn mit den Händen an eine, in der Wand eingelassenen, Öse fesseln ließ. Er hatte ihr das zarte Gewebe vom Oberkörper gezogen und ihre Augen mit einem schwarzen Seidentuch verbunden.

Sie sah so wunderschön aus, dachte Martina, das enge, rote Kleid, ihre runden Brüste ... Annika wirkte so unglaublich sinnlich und anziehend ... wie sie sich wohl anfühlte? Erstaunt nahm sie wahr, dass es sie zu ihr hinzog.

Jan, der Martina beobachtet hatte, meinte locker: "Na, dir liegen wohl auch Frauen, was?"
Tief durchatmend lachte sie: "Das merke ich auch gerade!"
Er grinste und wartete weiter ab. Es würde nicht der übliche Abend werden, das spürte er schon jetzt. Sie war wirklich süß und es war spannend, ihr dabei zuzusehen, was sich in ihr abspielte.
Finn hatte sie jetzt ebenfalls bemerkt und zwinkerte ihr lächelnd zu. Sich ertappt fühlend begann sie verlegen, weiterzugehen.
Da waren Frauen, aber auch Männer, die sich kunstvoll fesselten oder anketteten. Manche waren nackt und nur zum Teil in diversen Verkleidungen. Sie sah zu, wie sich ein Mann so einschnüren ließ, dass er sich überhaupt nicht mehr bewegen konnte. Ein Stöhnen, mehr oder weniger laute Lustschreie und andere Geräusche begannen, durch die Gewölbe zu hallen.
Aber manches ließ Martina auch erschaudern. Eine Frau hatte sich ihre Brüste so stark abschnüren lassen, dass diese fast blau wurden. "Das ist doch Folter, oder?", flüsterte sie Jan zu. Der sagte nichts und sie wandte ihren Blick wieder zu der Dame, die keuchend dalag und ächzte, während ihr Partner sich ihr widmete. Das war nichts für sie, aber eine andere Scene sprach sie erheblich mehr an.
Es sah umwerfend ästhetisch aus, wie die junge Frau in ihrem schönen Dessous, unten ohne, dastand, mit Augenbinde und gefesselten Händen, die an dem, von der Decke heruntergelassenen, Haken befestigt waren. Ihr Partner stand vor ihr und bearbeitete sie mit einer weichen Gerte, sodass ihr Rücken und ihre Pobacken langsam eine gut durchblutete Färbung annahmen. Auch ihre Brüste bekamen etwas ab, wobei das sehr viel sanf-

ter geschah. Sie schrie und stöhnte und verlangte laut nach ihrem Partner, bis dieser, nachdem er sie eine Weile hatte zappeln lassen, irgendwann genussvoll ihren Forderungen nachkam.

Martina lehnte sich an die Wand und sah sich das Ganze eine Weile an. Das kam dem sehr nahe, was sie wollte, dachte sie, während ihr eine Gänsehaut nach der anderen über den Körper lief und sie feucht wurde. Atemlos dachte sie, dass sie dabei auch nicht wirklich verletzt werden würde ... wenn man es so bewusst und kontrolliert ausführte. Unwillkürlich warf sie Jan einen Seitenblick zu, woraufhin dieser lächelnd sofort meinte: "Okay."

Martina lächelte zurück. Er schien mehr als bereit, sich ihren Wünschen anzupassen und aufgewühlt merkte sie, dass ihre Gedanken bereits weiter wanderten: Was davon wollte sie mit ihm umsetzen? Fesseln ja, aber nur locker, sodass sie sich selbst wieder lösen konnte. Die totale Kontrolle über sich würde sie nicht abgeben und anal oder oral war ebenfalls Tabu. So wandte sie sich ihm zu und stellte ihm ihre Wünsche vor.

Jan marschierte wortlos davon, um sich in der Fundgrube mit den entsprechenden Utensilien einzudecken. Das Warten hatte sich gelohnt, dachte er angeregt, während er sich auf den bevorstehenden Genuss freute.

Während Martina auf ihn wartete, kam ihr plötzlich in den Sinn, wie traumhaft es wohl gewesen wäre, wenn sie mit Daniel all das hier hätte entdecken können. Und schon schwappte eine riesige Traurigkeit hoch. Fühlend, wie sich die Tränen bereit machten, rief sie sich in Erinnerung, dass es mit ihm nicht möglich gewesen wäre. So, wie er sich verhalten hatte, kam es eher einer Vergewaltigung gleich. Sie war immer noch so wütend, so enttäuscht von ihm! Sich eine Träne abwischend, die doch

noch den Weg nach draußen geschafft hatte, entschied Martina energisch, dass sie diesen Gefühlen nicht nachgeben wollte. Mit 29 Jahren hatte sie ihr Leben noch vor sich. Sie würde jetzt ihre eigenen Erfahrungen machen. Und was eine Beziehung anging, das würde sie irgendwann in Ruhe auf sich zukommen lassen.
Mittlerweile war Jan zurück und präsentierte ihr, was er ausgesucht hatte: eine schwarze Augenbinde, weiche Seidenfesseln und eine Art Gerte, auf der einen Seite mit einem Federpuschel und auf der anderen Seite einer Fliegenklatsche ähnelnd. Martina nahm das Utensil in die Hand und testete gespannt, wie es sich anfühlte, erst sanft und dann auch richtig fest zuschlagend. Okay, dachte sie schließlich, das bitzelt gut, aber es verletzt nicht.
Sie suchten sich ein freies Plätzchen mit einer, in der Wand eingelassenen, Öse. In einem kurzen Gespräch über den Ablauf machten sie aus, dass er aufhören würde, wenn sie "STOPP!" rief.
Und dann war es soweit.
Martina zog aufgeregt ihre Träger herunter, sodass er das Kleid abstreifen konnte, wann er es wollte und ließ sich die Hände mit einer Seidenschnur locker umbinden und diese dann an der Öse befestigen. Sie sah ihm dabei zu, seine Nähe intensiv spürend. Jan ließ sein Top an und zog seine Hose aus, sodass er in voller Pracht vor ihr stand. Es konnte sich schon sehen lassen, dachte sie und schluckte, während ihr das Herz bis zum Hals zu klopfen schien. Jan wandte sich ihr zu und küsste sie leidenschaftlich, um ihr dann die Augenbinde umzulegen.
Atemlos stand sie jetzt da, nicht wissend, was geschehen würde. Gleichzeitig dachte sie, dass genau das unglaublich erregend war!

Nach einem Moment fühlte sie, wie er, hinter ihr stehend, genießerisch begann, mit seinen Händen fest und langsam über ihren Körper zu fahren, jeden Winkel erkundend. Er legte seine Hände warm um ihre Brüste, diese sanft knetend und streifte ihr das Kleid und den Slip langsam ab. Jan begann, sie erregend zu massierend, während er gleichzeitig mit der flachen Hand ihre Pobacken bearbeitete, bis diese allmählich warm wurden. Er versenkte seinen Finger in ihre Weiblichkeit und dann fühlte sie, wie er sich mit seiner Zunge in sie vergrub. Stöhnend und sich keuchend windend, befand Martina, dass er einfach nur gut war in dem, was er tat. Immer mehr hochfahrend, schlug er jetzt heftiger zu und ihre Pobacken begannen bald, heiß zu prickeln. In Martina machte sich eine unvorstellbar juckende Lust breit, die drängend nach Erlösung zu fordern schien. Plötzlich fühlte sie, wie er an ihren Brustwarzen herumzwirbelte, erst sanft und dann plötzlich so fest, dass ihr unwillkürlich ein Schmerzschrei entfuhr.
"Stopp!" Er hielt inne und sie keuchte: "Nicht so fest damit."
Jan wurde wieder sanfter und sie entspannte sich wieder, als plötzlich die Gerte auf ihren Rücken klatschte. Und noch einmal, langsam in der Stärke steigend, während er sie sanft stimulierte, immer wieder ihr die Möglichkeit gebend, sich damit intensiv zu erleben. Euphorisch spürte Martina, dass sie es unsagbar genoss.
Jan drückte sein Glied an ihren Kitzler, sie damit weich massierend, und als er dann endlich in sie hinein glitt, hörte sie sich vor Lust laut schreien, so aufgeheizt und prickelnd heiß erregt, wie sie sich fühlte. Sein Tempo fordernd erhöhend, war es nur noch überwältigend. Jan fühlte sich gut und stark in ihr an, dachte sie, jeden auf-

tauchenden Gedanken an Daniel energisch zurückdrängend.

Plötzlich zog er sich aus ihr zurück und begann, mit der Gerte sanft ihre Brüste zu bearbeiten und danach hart die Pobacken. Dann strich er unvermutet mit den Federn über die Brüste, über ihre Perle, um erneut in sie einzutauchen und ihren Schoß mal genießerisch langsam, mal feurig zu bearbeiten. Sich ganz dieser glühenden, unbeschreiblich lustvollen Erfahrung hingebend, spürte sie, dass sie gieriger zu werden begann. Ähnlich wie damals schien sie langsam an den Punkt zu kommen, an dem sie bedingungslos mehr wollte, sich ganz ausliefern wollte. Im gleichen Moment wusste sie, dass es genau das war, wonach sie sich sehnte: die totale Hingabe!

"Mach mit mir, was du willst."

Hatte sie das jetzt wirklich gesagt?, dachte sie im nächsten Moment erschrocken.

Jan entschied jedoch, dass es für heute Abend genug war. So erhöhte er nur noch mäßig seine Behandlung und ließ es in einen Orgasmus für sie münden, von dem er sich dann stürmisch mitreißen ließ.

Ihre Fesseln lösend, ließen sie sich heftig atmend auf dem Boden nieder. Er zog sie an sich und so saßen sie eine Weile Arm in Arm da, bis Jan lächelte: "Noch ein After-Cocktail?"

Martina packte mit zittrigen Beinen ihre Sachen zusammen und sie zogen sich an.

Oben saßen Finn und Annika bereits an der Theke und grinsten sie vielsagend an.

"Bei euch ist es ja gut zur Sache gegangen", meinte Annika, sie tiefgründig ansehend. "Und das gleich beim ersten Mal."

"Es war klasse", erwiderte Martina strahlend, noch immer atemlos und ihren Blick mutig erwidernd. "Ich habe anfangs auch mal bei euch vorbei geschaut. Und was ich gesehen habe, hat mir ebenfalls gefallen."
War da etwas zwischen ihnen, dachte sie, oder hatte sie sich getäuscht? Aber der feine Impuls war verflogen und so saßen sie noch eine halbe Stunde locker plaudernd zusammen, bis sie alle entschieden, aufzubrechen.
Jan sah Martina an: "Sehen wir uns wieder?"
Spontan sagte sie: "Lass mich erst einmal ein paar Nächte darüber schlafen, Jan. Es war schön mit dir."
Er schrieb ihr seine Telefonnummer auf und meinte nur: "Gib Echo, wenn du mal wieder Lust hast."
Jan beugte sich zu ihr, um ihr einen leidenschaftlichen Abschiedskuss zu geben und wandte sich zum Gehen.
"Hey", stellte Annika anerkennend fest, "da hast du dir ja einen netten Kerl an Land gezogen."
Martina fuhr mit einem Hochgefühl langsam nach Frankfurt zurück. Aufgewühlt, wie sie war, war ihr die lange Fahrt, mitten in der Nacht auf der relativ leeren Autobahn, sehr recht, konnte sie doch in Ruhe alles Revue passieren lassen.
Mit Jan hatte sie einen Glücksgriff gemacht; das lief bestimmt nicht immer so ab. In jedem Fall tat ihr nach der letzten Pleite ein Mann, der so gut auf sie eingehen konnte, einfach nur rundum gut!
Laut mit der Musik singend reagierte sie sich euphorisch ab. Es war so verrückt, auf all das zu stehen, aber einfach wahnsinnig stark und schön, lachte sie überschwänglich.
Die Zeit schien rasend schnell zu vergehen und schon sah sie Frankfurts Skyline auftauchen. Zu Hause angekommen sank Martina, nun doch endlich müde, in ihr Bett und schlief sofort ein.

Kapitel 6 Nachwehen

Der Montag begann mit dem normalen Arbeitsalltag.
Gut gelaunt saß Martina an der Kasse und freute sich, als sie Annika in der Pause entdeckte. Sie begrüßte sie mit einer herzlichen Umarmung.
"Gehen wir nachher noch zusammen an den Main?", fragte sie. Die anderen Frauen merkten natürlich sofort, dass sie nur so strahlte und fragten neugierig, wen sie denn jetzt wieder kennengelernt hätte. Martina deutete nur lächelnd an, dass es himmlisch gewesen war, aber über alles Weitere schwieg sie sich aus. Enttäuscht gaben die anderen auf und Annika zwinkerte ihr zu. Nach der Arbeit machten sie sich auf den Weg und suchten sich in dem Menschengewimmel auf den Wiesen am Sachsenhausener Ufer ein ruhiges Plätzchen.
"Und, wie geht's dir?", fragte Annika gespannt.
"Wie neu geboren. Es ist, als hätte man einen Blick in eine völlig andere, ganz besondere Welt getan und sich dabei neu entdeckt", meinte Martina begeistert.
Annika lachte. "Das ging mir damals genauso. Aber jetzt erzähle doch mal, wie war es denn mit Jan?"
Martina berichtete in allen Einzelheiten, was sie alles mit ihm erlebt hatte.
"Es war unbeschreiblich, Annika. Zuerst wusste ich eigentlich noch nicht, was ich wollte. Und dann habe ich eine Frau gesehen, die sich mit einer Gerte schlagen ließ. Da habe ich gespürt, dass mich das anmacht und Jan hat zugestimmt und einiges dafür besorgt und dann .... Ich habe bei ihm einfach von Anfang an ein gutes Gefühl gehabt und mich nicht getäuscht. Er hat sich total auf mich eingestellt, was ich wollte oder auch nicht wollte. Annika, es war völlig verrückt, fürchterlich aufregend

und wahnsinnig erregend zugleich. Ich hätte nie gedacht, dass ich so empfinden könnte!"
"Du bist ja ganz aus dem Häuschen", stellte Annika lächelnd fest.
"Das kannst du wohl sagen! Wer hätte das gedacht, dass ich sowas geil und stark finde! Da wäre ich nie im Leben darauf gekommen."
"Und, wirst du ihn wiedersehen?", fragte Annika.
"Sehr gut möglich, es war wirklich toll mit ihm", gab Martina zurück.
"Was ich so gesehen habe, wäre er doch ein guter Kerl für dich, oder?"
"Hey", lachte Martina jetzt, "wie lange hast du denn zugeschaut?"
"Lange genug, um zu sehen, dass ihr gut zusammen passt", gab Annika zurück.
"Es war wirklich toll mit ihm, aber verliebt bin ich nicht", erwiderte Martina. Schweigend sahen beide dem bunten Treiben am Main zu. "Du hast übrigens sehr anziehend ausgesehen", fügte sie nach einer ganzen Weile an.
Annika warf ihr einen Blick zu und meinte dann: "Ich fand dich auch schön, wie du da mit Jan standest."
Sie schauten sich beide an und plötzlich entstand eine prickelnde Atemlosigkeit zwischen ihnen.
"Warst du schon mal mit einer Frau zusammen?", fragte Annika schließlich, intensiv ein paar Gräser auszupfend.
"Nein, die Frage habe ich mir bisher noch nie gestellt. Ich denke, ich bin hetero, aber ...", verlegen werdend schaute sie jetzt auf das vorbeifahrende Passagierschiff.
"Ich fand dich in dem Moment einfach wahnsinnig anziehend", stellte Martina mit klopfendem Herzen mutig klar. Sie hatte in den letzten Tagen so viel erlebt und sich mehr getraut, als in den ganzen, letzten Jahren - jetzt wollte sie mit dem begonnenen Weg weitergehen. Offen

seine Wünsche äußern, über geheime Fantasien sprechen ... und wenn sie es mit Annika nicht konnte, dann wurde auch keine wirkliche Freundschaft daraus.
"Das ging mir genauso", gab ihre Freundin zu, "und jetzt ist es heraus!"
Beide lachten und die Spannung löste sich etwas.
"Und was machen wir damit?", fragte Martina, während sie spürte, dass ihr langsam warm wurde. "Beide stehen wir auf Männer und finden uns anziehend ... sind wir jetzt bi?"
"Ist doch egal, was wir sind, oder?", meinte Annika und rutschte näher an sie heran. Martina rückte grinsend auch ein Stück näher und wieder mussten sie lachen. Sie sahen sich wortlos an und ... Annika beugte sich vor und küsste sie sanft. Diese herrliche Weichheit genießend tastete sich Martina langsam vor und beide versanken ohne jedes Zeitgefühl in diesem unendlich süßen Kuss.
"Mmmh ... du schmeckst wie Schokolade", sagte Martina schließlich, atemlos innehaltend.
"Wie jetzt", Annika guckte verdutzt.
"Sanft, köstlich, zerfließend, da will man nur noch mehr davon", lachte Martina.
So verbrachten sie noch einige Zeit am Main, redeten, lachten und schmusten immer wieder miteinander. Hand in Hand gingen sie langsam zurück.
"Lass uns das langsam angehen und sehen, was geschieht", bat Martina. "Du bist meine Freundin und ich will nicht, dass irgendwas durch mich kaputt geht. Schließlich ist da auch noch Finn. Wir sehen uns übermorgen, okay?"
Sie standen dicht voreinander, die Anziehung zwischen ihnen genießend. Annika umarmte sie schließlich, während sie ihre Hand sanft über ihre Brust gleiten ließ: "Du

hast recht. Lassen wir es langsam angehen, Süße."
Dann wandte sie lächelnd sich ab und marschierte davon.
Martina sah ihr noch lange hinterher und machte sich mit einem tiefen Durchatmen auch auf den Heimweg.

Am Tag darauf bekam Martina einen Anruf, dass ihre Mutter einen Hausunfall gehabt hatte und im Krankenhaus lag. So ließ sie sich die Woche frei stellen und fuhr nach Göttingen, um sie zu besuchen. Bevor sie abreiste, war sie allerdings noch schnell im Supermarkt vorbeigehuscht und hatte Carla gebeten, Annika auszurichten, dass sie die Woche nicht da sein würde. Sie sollte nicht auf den Gedanken kommen, dass es mit ihr zu tun hatte. Im Grunde war es ihr sehr recht – sie hatte eine Atempause dringend nötig. Alle paar Tage eine neue, umwerfende Erfahrung – das wurde irgendwann doch zu viel, gestand sie sich fröhlich ein.
Ihr Vater war letztes Jahr gestorben und so lebte ihre Mutter jetzt alleine. Sie würde bestimmt etwas für den Krankenhausaufenthalt benötigen und es gab sicherlich auch sonst noch so einiges zu erledigen. So fuhr sie erst einmal ins Krankenhaus, da sie keinen Schlüssel zur Wohnung hatte.
Gegen 12.00 Uhr traf Martina dort ein, und, nachdem sie sich durchgefragt hatte und das Zweibettzimmer betrat, sah sie sie aufrecht im Bett sitzen.
"Mutti, was machst du nur für Sachen", sagte sie und umarmte die ältere Dame.
"Schön, dass du da bist, Tine", freute diese sich.
Die Mitbewohnerin im Zimmer begrüßend holte sie sich einen Stuhl und setzte sich neben das Bett.
"Wie ist denn das passiert?"

"Ach, ich wollte nur mal schnell die Fenster putzen; ich bin abgerutscht und von der kleinen Leiter gefallen. Der Unterarm ist gebrochen. Die haben mir jetzt eine Platte eingesetzt und zwei Schrauben. Also diese Woche muss ich noch da bleiben."

"Na, gut, dass es nur das ist. Es hätte schlimmer kommen können", meinte Martina teilnahmsvoll.

"Die Woche bleibe ich noch hier. Es wäre schön, wenn du mir meine Nachtsachen, den Pyjama, Duschzeug, Seife, Zahnbürste, Handtuch und Unterwäsche bringen könntest", bat sie.

Mit dem Wohnungsschlüssel in der Hand machte sie sich auf. Nachdem sie alles zusammen gepackt hat, meldete sich der Magen und so machte Martina sich ein paar Spagetti, die sie im Schrank fand. Mit einem Kaffee in der Hand saß sie am Küchentisch und nahm sich erst einmal Zeit für ein Ankommen.

Mit einem Besuch bei ihren Eltern waren meist auch Kindheitserinnerungen verbunden. Obwohl sie erwachsen war, rutschte sie bei den Besuchen manchmal in eine merkwürdige Kind-Rolle hinein, was sie als unangenehm empfand. Es war entspannend, mal ganz alleine in der Wohnung zu sein. Schlafen würde sie in ihrem alten Zimmer, in dem immer noch ihr Bett stand; alles andere hatten ihre Eltern verändert und den Raum als Haushaltszimmer eingerichtet.

Sie besuchte ihre Mutter nur selten, was diese ihr ab und zu vorwurfsvoll auftischte. Aber sie hatte eben nicht das Bedürfnis, sie öfter zu sehen und wollte sich nicht zu etwas zwingen lassen. Das war sowieso so eine Sache: Diese Erwartungshaltungen von Eltern an ihre erwachsenen Kinder ... Was hatte man denn von einem Besuch, der aus einem Pflichtgefühl heraus stattfand?

Am Nachmittag fuhr sie zur Kaffeezeit wieder ins Krankenhaus und blieb bis zum Abendessen um 18.00. Danach war Freizeit angesagt. Martina hatte sich ihren Laptop mitgebracht, um an ihrem Buch weiterzuarbeiten und einen Artikel zu schreiben. Außerdem wollte sie die Gelegenheit nutzen, auch mal wieder in der Scenekneipe vorbeizuschauen, in der sie sich früher immer getroffen hatten. Und auch heute fanden sich die alten Klassenkameraden manchmal dort ein.
Gegen 21.00 Uhr machte sie sich auf den Weg und schaute gespannt im "Blue Sky" vorbei. Aber es war niemand zu sehen, den sie kannte. Naja, letzten Endes hatten sie sich ja alle nach dem Abi in sämtliche Winde verstreut.
Schließlich wanderte sie gedankenverloren durch die Gassen. Irgendetwas veränderte sich in ihr, sie wusste nur nicht, was dabei herauskommen würde. Wurde sie jetzt lesbisch oder war sie einfach nur bi? Würde sie in einem Jahr auch in Lackklamotten die Peitsche schwingen oder … Ihr Kopf wirbelte nur so, befand sie schließlich und letzten Endes würde sie es auf sich zukommen lassen.

Die Woche über besuchte sie ihre Mutter einmal am Tag und traf sich mit einer alten Schulfreundin, die hier bei einem Optiker arbeitete.
Hannah hatte geheiratet und mittlerweile schon zwei kleine Kinder, die sie ins Café mitgebracht hatte.
"Und, willst du auch mal Kinder?", fragte sie gerade.
"Wenn der richtige Mann kommt, gerne; alleinerziehende Mama ist nicht so mein Ding", erwiderte Martina entspannt.
"Mittlerweile kannst du die Kinder doch schon früh in der Krippe unterbringen", warf Hannah ein. "Aber es ist in

jedem Fall schöner, wenn der Partner alles mitträgt. Wenn du dir jedoch die Scheidungsraten anschaust, bist du davor trotzdem nicht sicher!"
"Naja, im Moment steht das Thema ja nicht mehr an", rutschte es Martina heraus.
"Nicht mehr?", fragte Hannah sofort nach, hellhörig geworden.
Nach einem Augenblick brachte Martina heraus: "Da war schon jemand, aber es hat sich zerschlagen."
"Oh, das klingt noch sehr frisch", meinte Hannah teilnahmsvoll.
"Ja, es ist noch nicht so lange her und darüber hinweg bin ich wohl auch noch nicht."
"Das tut mir leid", sagte Hannah sanft. "Ich hatte mit Hannes auch mal eine gewaltige Krise und wir sind eine Zeitlang sogar getrennte Wege gegangen. Aber dann haben wir beide gemerkt, wie viel wir uns bedeuten und schließlich haben wir uns in einer langen Nacht zusammengerauft. Und das hat uns eigentlich noch näher zusammen gebracht."
"Aber das geht vielleicht nicht immer, oder", meinte Martina zweifelnd.
"Warum nicht? Eigentlich kann man über alles reden. Und wenn man sich liebt, gibt es immer einen Weg. Wir sind alle keine Engel, Martina, und jeder von uns macht Fehler. Den unfehlbaren Ritter in Weiß, der uns auf sein Pferd hinaufhebt, der romantische Held unserer Mädchenträume, den gibt es nicht."
"Da sagst du was", meinte sie, Hannah nachdenklich ansehend.
Sie redeten noch über verschiedenes und irgendwann verabschiedeten sie sich. Martina versprach, sich wieder bei ihr zu melden, wenn sie in Göttingen war.

Als sie nach Hause ging, dachte sie darüber nach, was Hannah gesagt hatte. Martina spürte, dass es da eine Resonanz gab und sich etwas in ihr löste. Der Ritter auf dem weißen Pferd, ihre Mädchenträume...
Hatte sie sich nicht immer einen Mann gewünscht, zu dem sie aufsehen konnte? Hatte sie Daniel so sehen wollen, als den starken, unfehlbaren Mann ... den sie nun ins Pfefferland geschickt hatte, weil er dem nicht mehr entsprach?
Vielleicht war es so, nur was hieß das für sie?
Denn es stand immer noch die Frage im Raum, ob sie sich in ihm als Menschen einfach entsetzlich getäuscht hatte oder Daniel sich im Rausch zu etwas hatte hinreißen lassen, was er jetzt zutiefst bereute.
Aber auch wenn letzteres zutraf: Wie sollte es denn im Bett mit ihnen weiter laufen – woher das Vertrauen nehmen, dass er plötzlich nicht wieder rücksichtslos wurde? Das nahm sie in keinem Fall hin; dann war es besser, die Beziehung blieb Geschichte.
Alles Nachdenken darüber hinterließ in Martina immer wieder eine schmerzlich-traurige Ratlosigkeit, die sie nicht auflösen konnte. Und so schob sie das Thema weiter verdrängend in den Hintergrund.

Nach vorne schauend standen andere, völlig neue und aufregende Erfahrungen vor ihr, mit denen sie sich jetzt beschäftigen, die sie erfahren und auskosten wollte.
Eines kristallisierte sich ebenfalls klar heraus: Sie betrat völlig unbekannten Boden, auf dem sie sich erst zurechtfinden musste. Und was am Ende dabei herauskam, das stand in den Sternen.
Die Woche in Göttingen hatte ihr gut getan und so langsam freute Martina sich auf die Fortsetzung in Frankfurt.

Kapitel 7 Annika

Zurück in Frankfurt begann der Montag wie immer an der Kasse. In der Pause traf sie Annika, die sich freute, sie wiederzusehen und nachfragte, was gewesen war. Da auch die anderen anwesend waren, kam Martina auf das Thema Eltern zu sprechen, an dem sich alle mit eigenen Erfahrungen rege beteiligten. Schließlich meinte Martina zu Annika, ob sie nachher wieder an den Main gehen würden. Diese zwinkerte ihr fröhlich zu und meinte: "Na, klar!"

Wieder an der Kasse schaute sie immer wieder mal zu Annika hin. Die neue Freundin war etwa in ihrem Alter, lange, blonde Haare, die sie hier als Pferdeschwanz hochgebunden trug. Ohne Annika wäre es ihr nach jenem Sonntag nicht so gut ergangen, als sie noch dachte, dass sie nicht ganz normal war. Es tat so gut, dass da jemand war, mit dem sie ihre neue Welt uneingeschränkt teilen konnte, befand Martina dankbar. Und jetzt kam diese besondere Anziehung zwischen ihnen dazu. Was das für sie bedeutete, lag noch im Nebel, denn schließlich war da auch noch Finn.

Im Grunde war es ihr absolut schleierhaft, wie das alles unter einen Hut passen sollte! Aber in keinem Fall wollte sie sie verlieren, weil sich vielleicht Spannungen entwickelten. Sie würde sich lieber zurücknehmen und abwarten, entschied Martina schließlich.

Nach der Arbeit schlenderten sie zum Main. Als sie auf der Wiese ein kleines Plätzchen gefunden hatten, meinte Annika: "Und, wie geht's dir so mit allem?"
"Oh, wirklich prima. Die Tage Abstand haben mir richtig gut getan. Meiner Mutter geht's auch besser – aber an den nächsten Wochenenden werde ich wohl noch hoch-

fahren müssen, um sie zu unterstützen. Ich hab in jedem Fall mal wieder Luft zum Durchatmen bekommen – das war nach all den umwerfenden Erlebnissen genau richtig", lachte Martina entspannt. "Und du, wie geht's dir? Was macht Finn?"

"Bei uns beiden läuft es gut – unser Wochenende war sehr anregend gewesen. Und … ich habe von dir geträumt", gestand Annika leise.

"War's denn schön?", kicherte Martina jetzt.

"Mmmh", schnurrte ihre Freundin, "es war sehr erotisch." Sie sahen sich beide an und erneut begann sich ein Prickeln zwischen ihnen breit zu machen.

"Hey", meinte Martina sanft, auf etwas Unausgesprochenes antwortend, "ich fände es auch schön. Aber noch viel wichtiger ist mir, dass wir Freundinnen bleiben. Es ist lange her, dass ich, wie in der Schulzeit, so eine tolle Freundin hatte, mit der ich mich über alles austauschen kann. Das will ich nicht verlieren."

Annika sah sie schweigend an und gab schließlich seufzend zu: "Eigentlich weiß ich nicht so recht, wie ich damit umgehen soll."

"Hast du mit Finn darüber geredet?"

"Nein, noch nicht."

Beide schauten eine Zeitlang auf den Main. Martina legte sich schließlich ins Gras und genoss den lauen Sommerabend. Sie würde sich nicht heimlich in eine Beziehung drängen. Entweder mit Finns Einverständnis oder gar nicht.

Annika sah immer noch geradeaus und sagte schließlich: "Würdest du dich denn auf eine Session mit Finn und mir einlassen?"

Hmmh … Annika und ihr Freund? Die nächste, überwältigende Erfahrung? Der Bedarf daran war vorerst gedeckt, entschied sie. Erst einmal mit dem, was war, klar kommen.

"Ich mag euch beide und grundsätzlich ja. Aber jetzt ist mir das einfach zu viel."

Martina tastete nach Annikas Hand, die ihr entgegenkam: "Ich habe soviel zu verarbeiten, da ist eine Menge auf mich eingeströmt. Im Moment habe ich nur das Bedürfnis, mich allenfalls noch auf dich einzulassen; aber später gerne auch mal zusammen mit Finn in einer Session."

So vieles hatte sich ihr eröffnet, was sie vorher nie für möglich gehalten hätte, dachte sie nachdenklich. Sie würde auch das auf sich zukommen lassen und offen bleiben. Finn war ein warmherziger, sympathischer Mann und auf der Party hatte sie einen guten Eindruck von ihm bekommen.

Annika legte sich neben sie und stützte sich auf dem Ellbogen ab. Sie strich ihr durch die Haare und ihre Hand wanderte zärtlich über ihr Gesicht zum Hals und blieb leicht auf der Brust liegen. Sich vorbeugend flüsterte sie ihr ins Ohr: "Ich finde dich schön."

Atemlos sahen sie sich an. Und erneut fanden sie sich zu einem langen Kuss, der leidenschaftlich zu werden begann. Schließlich lagen beide Hand in Hand nebeneinander im Gras und schauten in den Himmel.

"Und, wirst du mit Finn sprechen?", fragte Martina nach einer Weile, mit einem Seitenblick auf Annika. "Ich will keine Heimlichkeiten und auch nicht zwischen euch stehen. Ich mag ihn. Ich kann es mir mit uns dreien vorstellen, aber nicht sofort."

"Ja", sagte Annika und lächelte jetzt, "ich spreche mit ihm."

"Komm, wir tauschen endlich mal unsere Telefonnummern aus", meinte Martina. Sie wanderten wieder zurück

und verabschiedeten sich erneut mit einem langen, nicht enden wollenden Kuss.
"Mmh ... du bist so süß, einfach zum dahinschmelzen. Lass uns gehen, sonst komme ich nicht von dir los!", lachte Martina.
"Na dann, Tschüss", meinte Annika schmunzelnd und beide marschierten entschlossen von dannen.

Nach ein paar Tagen erhielt sie eine SMS von Annika. Sie und Finn würden gerne mit ihr sprechen.
Okay, dachte Martina. Also schrieb sie zurück: "Wie wäre es mit Freitag Abend? Eiserner Steg?"
Nach dem O.K. von Annika fühlte sie allerdings eine beginnende Ernüchterung. Vermutlich war es eine Schnapsidee, etwas anzufangen, wenn der andere einen Partner hatte. Wie konnte so etwas denn gutgehen? Letzten Endes lief es ja auf eine Affäre oder sogar auf eine Art Dreiecksbeziehung hinaus und warum sollte Finn dazu ja sagen? Wie würde es ihr an seiner Stelle gehen? Ab und zu mal eine Session zu dritt war eine Sache, aber zwischen Annika und ihr lief es deutlich auf mehr hinaus. Würden sich Ängste aufbauen, den anderen zu verlieren? Mal ganz zu schweigen vom Thema Eifersucht. Seufzend beschloss sie, nicht zu viel zu erwarten.
Und was wollte sie selbst? Da war eine starke Anziehung, der sie nachgehen wollte und es würde intim werden, spürte sie kribbelnd. Aber mehr? Sie mochte Annika und vielleicht war es auch eine Verliebtheit, die gerade aufflackerte, gestand sie sich ein. Schließlich drehten sich die Gedanken im Kreis und so konnte sie nur abwarten, was sich ergeben würde.

Als sie am Freitagabend eintraf, waren beide schon da und winkten ihr zu. Etwas unsicher und angespannt stand Martina schließlich vor ihnen.

"Hey, ihr zwei", sagte sie, tief durchatmend, und setzte sich an den Tisch. Finn und Annika saßen nebeneinander und hielten sich an der Hand. Nachdem sie bestellt hatten, begann Finn ohne Umschweife mit dem Thema: "So, und ihr beide habt euch verliebt?"

"Naja", meinte Martina vorsichtig, "wir fühlen uns einfach zueinander hingezogen."

Finn sah sie offen an. Sie spürte keine Feindseligkeit, eher ein ruhiges Abwarten und eine Entschlossenheit. "Annika und ich haben uns entschieden, dass wir eine offene Beziehung auf Probe leben. Das heißt, es ist in Ordnung für mich, solange ich und Annika uns in unserer Beziehung auch weiterhin uneingeschränkt wohl fühlen. Und die kommt für mich, und auch für sie, an erster Stelle. Wenn das nicht mehr stimmt, dann ist die Probe beendet."

Wow, das ist mutig und stark, dachte Martina beeindruckt und auch etwas sprachlos. Annika lächelte sie an und nahm ihre Hand. Spontan griff Martina über den Tisch auch nach Finns Hand. Still saßen sie zu dritt und sahen sich an.

"Das ist toll", meinte Martina schließlich. Finn lächelte jetzt auch und fragte: "Annika hat erzählt, dass du dir auch eine Session zu dritt vorstellen kannst?"

"Ähm ... ja", stotterte sie etwas verlegen, "warum nicht? Ich mag dich, Finn. Aber im Moment ist das für mich noch zu früh. Erst die Trennung von Daniel, dann das Erlebnis mit Jan und die Party, jetzt Annika ... ich komme da kaum hinterher."

"Mal was ganz anderes, Martina", sagte Finn und lehnte sich zurück, "willst du nicht doch noch mal mit Daniel reden? Ich kann mir eigentlich nicht vorstellen, dass du dich in einen Psychopathen verliebt hast. Du scheinst mir nicht der Typ dafür zu sein. Da hätte es doch schon früher Anzeichen gegeben, oder?"

Verdutzt schaute Martina ihn an. Annika hatte ihm also alles erzählt. Na gut ... so gab es keine Heimlichkeiten, verstand sie, und das war gerade in dieser Situation besonders wichtig. Und außerdem würden sie und Finn sich im Laufe der Zeit auch näher kommen. Also warum sollte sie mit ihm nicht genauso offen darüber sprechen, entschied sie.

"Das schaffe ich nicht."

"Warum nicht?"

Erneut saß sie betroffen und stumm da. Warum nicht ... weil sie immer noch so wütend und so verletzt war, weil sie ihn liebte, gleichzeitig gefangen in einer tiefen Ratlosigkeit. Weil sie nicht wusste, was sie glauben sollte und ob sie ihm je wieder vertrauen konnte. Schließlich erzählte sie stockend von ihrem Konflikt.

Finn hörte sich das Ganze schweigend an und meinte dann ernst: "Da hat dein Daniel ja ganze Arbeit geleistet! Der Mann hat sich, das ist meine Meinung, völlig unerfahren auf ein unbekanntes Gebiet begeben. Und er hat böse Fehler gemacht, die nicht passieren sollten. So, wie ich dich bis jetzt kennengelernt habe, bist du nicht der Typ Frau, die brutale Jungs in ihr Leben zieht."

Martina schaute ihn an und spürte, wie ihr Herz sehnsüchtig klopfte. Wie gerne würde sie das glauben, was er ihr da erzählte!

Finn musste ihr wohl die Zweifel angesehen haben, denn er wechselte das Thema und wandte sich jetzt zärtlich zu Annika: "Wir machen uns jetzt mal auf, mein Schatz, wir haben noch etwas vor. Ihr beide seht euch ja dann bestimmt nächste Woche."

Nachdem sie bezahlt hatten und aufgestanden waren, standen sie jetzt voreinander. Annika kam zu ihr und begann, sie verlangend zu küssen, was Martina gerne erwiderte. Dann löste sie sich sanft von ihr, sah sie liebevoll an und wandte sich dann Finn zu. Sie küsste ihn jetzt mit voller Hingabe, während er sie innig umfasste und die beiden zu einer Einheit zu verschmelzen schienen.

Martina stand wie angewurzelt da und dachte nur, dass die beiden ein so schönes Paar waren. Und mit einem Stich im Herzen überkam sie eine gewaltige Sehnsucht nach Daniel, während ihr die Tränen hochschossen.

Die beiden sahen sie plötzlich an und Finn streckte nach einem kurzen Moment einladend seinen Arm aus. Und wenig später lehnte sie warm und tröstlich an seiner breiten Brust, während Annika sie ebenfalls umarmte. Eingehüllt wie in einen Kokon schnüffelte Martina unter Tränen: "Ich vermisse ihn so."

Nach einer Weile nahm sie einen tiefen Atemzug und sagte, sich langsam lösend: "Danke. Es geht wieder – ihr habt doch noch was vor."

Finn sah sie anteilnehmend an und meinte nur: "Ist schon in Ordnung."

"Tschüß, Süße", sagte Annika liebevoll, ihr einen letzten Kuss aufdrückend und dann verschwanden die beiden langsam Hand in Hand in Richtung der Fußgängerbrücke.

Gedankenverloren wanderte Martina den Main entlang, und betrachtete die Gruppen von Menschen, die dort saßen. Es war ein lauer Sommerabend, und es war hier, wie üblich, viel los. Unwillkürlich hielt sie nach Daniel Ausschau, sich an die vielen, glücklichen Momente erinnernd, die sie miteinander verbracht hatten. Es war eine

so intensive und himmlische Zeit mit ihm gewesen. Vielleicht hatte Finn recht und sie hätte schon früher Anzeichen erkennen müssen. Aber ihr fiel nichts ein. Es schien tatsächlich in die Richtung zu deuten, dass er vielleicht einen "bösen Fehler" gemacht hatte, wie Finn sich ausgedrückt hatte. Sollte sie ihn anrufen?
Auf den, von der untergehenden Sonne schimmernden Fluß schauend, fühlte sie, dass einem leisen, sehnsüchtigen Ja ein lautes, entsetztes Nein folgte.
Wie sollte sie wieder Vertrauen zu ihm bekommen? Allein Versprechungen genügten da nicht.
Vertrauen – von Anfang an hatte sie sich hineinfallen lassen in diese Beziehung und ihn bis dahin immer als einfühlsam und offen erlebt. Was sollte sie antworten, wenn er beteuerte, wie leid ihm alles täte und wie sehr er sie doch liebte? Dass das nicht ausreichend war und dass sie keine Lösung dafür parat hatte? Wieder überkam sie diese Ratlosigkeit, die sich so ausweglos anfühlte. Gab es unter all den Tränen und der Wut einen Weg zu ihm zurück?
Martina entschied, dass die Antwort im Laufe der Zeit von selbst kommen musste. Und langsam machte sie sich auf den Heimweg, den schönen Abend jetzt entspannter genießend.
Am Samstagmorgen fuhr sie erneut nach Göttingen zu ihrer Mutter und kehrte erst am Sonntagabend wieder nach Frankfurt zurück.

In der darauffolgenden Woche schlug Annika in der Pause vor, dass sie nach der Arbeit zusammen wieder eine Schorle trinken gehen könnten. Aber als sie den Laden verlassen wollten, gab es ein Gewitter und es goss in Strömen.

"Schade", meinte Martina und beide sahen sich an. "Komm, wir gehen zu mir", meinte Annika, nahm ihre Hand und zog sie einfach mit sich in den Regen. Lachend rannten sie los und erreichten ihre Wohnung vollkommen durchnässt.

"Magst du ein paar trockene Sachen von mir haben?", fragte ihre Freundin.

"Gerne", erwiderte Martina und zog sich um. Annika holte in der Zeit eine Schorle aus dem Kühlschrank.

"Es ist wirklich sehr gemütlich bei dir", stellte Martina fest und setzte sich zu ihr auf die Couch.

"Und, unternimmst du was wegen Daniel?", fragte Annika.

"Vorerst nicht. Das Reden bringt nichts. Was soll ich mit dem Satz "Ich werde es nie wieder tun!" anfangen? Woher weiß ich, dass es nicht noch einmal so passieren wird?"

"Hmmh ... da hast du nicht ganz unrecht. Aber vielleicht hat er die Bereitschaft, zu lernen. Dein Jan war bestimmt auch nicht von Anfang an ein Naturtalent", grinste Annika.

Martina musste jetzt auch lächeln. "Da sagst du was!"

Nach einer kleinen Gedankenpause fuhr sie fort: "Du meinst, ich soll ihm vorschlagen, ob er zur nächsten Party einfach mal mitkommt?"

"Darum geht es nicht. Du bist diejenige, die sich durchsetzen und ihm sagen muss, was er tun darf und wann die Grenzen erreicht sind. Und er muss bereit sein, deine Lust an die erste Stelle zu setzen, Süße", sagte Annika.

"Und woher weiß ich, dass er die Grenze auch einhalten wird?"

Annika seufzte: "Da habe ich auch keine Antwort darauf. Normalerweise kannst du dich auf dein Gefühl gut verlassen."
Schließlich meinte Martina: "Weißt du, ich fühle mich im Moment noch nicht bereit dazu. Eigentlich möchte erst einmal die Erfahrung vertiefen, die ich mit Jan gemacht habe, um mich damit sicherer zu fühlen."
Annika rückte näher: "Das finde ich gut. Vergiss dabei unsere Session nicht. Finn mag dich übrigens auch."
Martina freute sich und lächelte: "Ich finde, ihr zwei seid ein starkes Paar. Ist er gar nicht eifersüchtig?"
"Wir haben ausgemacht, dass wir uns alles erzählen, was läuft. Er bleibt meine Nummer 1", sagte Annika und saß jetzt auf Tuchfühlung neben ihr. "Ist das okay für dich?"
"Ja", flüsterte Martina atemlos, "völlig okay."
Sie beugte sich zu Annika und begann, sie verlangend zu küssen. Und bald schon landeten ihre Hände auf ihren wunderbaren, weichen Brüsten.
"Mmmh...", stöhnte Annika, "das ist schön, mach weiter."
Martina musste plötzlich lachen und gestand: "Ich bin total nervös und unsicher, weißt du das?"
Annika grinste zurück: "Da geht man jahrelang mit den Kerlen ins Bett und jetzt kommt die Jungfrau zum Vorschein! Aber es geht mir genauso."
Sie beschlossen, sich Zeit zu lassen und kuschelten sich auf der Couch ein, die prickelnde Intimität genießend. Irgendwann stellte Martina fest, dass es Zeit war, zu gehen.
"Bleib doch einfach da, bei mir", bat ihre Freundin. Und so lag Martina, in Annikas Nachthemd, aufgeregt neben ihr. Sie dachte plötzlich an die Scene auf der Party, wie unglaublich sinnlich und anziehend Annika ausgesehen

hatte und, ohne weiter nachzudenken, begann sie sehnsüchtig, ihren Körper zu erkunden und zu liebkosen. Irgendwann war alle Nervosität vergessen und es gab nur noch das leidenschaftliche Verlangen, sich zu fühlen, zu ertasten, zu riechen, zu schmecken und sich mit allen Sinnen gegenseitig Lust zu bereiten.

Kapitel 8 Neuland

Die Tage gingen ins Land und ein- bis zweimal in der Woche traf sie sich mit Annika, je nachdem, wie sie Zeit füreinander hatten. Von ihrer Weichheit und Zärtlichkeit bekam sie nicht genug; Martina nahm wahr, dass sie sich mit ihr als Frau ganz anders wahrgenommen fühlte als mit einem Mann. Im Bett war es aufregend und sehr erotisch. Irgendwie eine andere Ebene, dachte sie irgendwann, und manchmal auch so, als würde man sich selbst lieben.

Mit Finn und Annika schien es gut zu laufen, denn was sie so heraushörte, war ihr Zusammensein auch anregend für deren Beziehung. Dass es so gut klappte, schien allerdings ein Wunder zu sein, wenn man sich die Erfahrungsberichte im Netz anschaute; da gab es in der Regel immer gewaltige Probleme. Vielleicht lag es daran, dass die beiden sich liebten und sich bedingungslos mit dieser Liebe vertrauten. Und beide durch die, gesellschaftlich gesehen, ungewöhnlichen, sexuellen Vorlieben eine grundsätzliche Bereitschaft dafür hatten, offen zu sein, überlegte Martina. Sie hatte bei Annika jedenfalls nicht das Gefühl, dass sie mit ihr zusammen war, weil sie bei Finn etwas vermisste.

In den ersten Wochen hatte sie ihrem Zusammensein entgegen gefiebert, und sich auch gefragt, ob sie jetzt vielleicht in die lesbische Richtung tendierte. Aber dann hätte sie vermutlich früher oder später mehr gewollt; sie hätte Annika mehr sehen wollen oder eine Eifersucht auf Finn wäre aufgetaucht, was nicht der Fall war.

Die Gedanken an Daniel verschoben sich in den Hintergrund und da ihre Auftragslage zurzeit gut war, kam sie kaum zum Nachdenken. An den Wochenenden war sie oft bei ihrer Mutter in Göttingen gewesen und nach zwei

Monaten entschied sie, diese Tage wieder für sich selbst zu reservieren. Es begann Ende September herbstlich zu werden und die ersten Blätter wehten schon durch die Luft.

Als sie ihre Wohnung aufräumte, fiel ihr die Telefonnummer von Jan wieder in die Hände und sofort war die Erinnerung an die Burgparty im Juli wieder da. Es war gut gewesen mit ihm und Martina stellte fest, dass sie auch mal wieder einen Mann spüren wollte. Das Zusammensein mit Annika war wunderschön und sie genoss die unglaubliche Zärtlichkeit, die zwischen ihnen war, aber langsam meldete sich auch wieder ein anderes Bedürfnis.

Kurz entschlossen rief sie bei ihm an und bekam ihn auch gleich ans Handy: "Hallo Jan, hier ist Martina. Die Frau von der Burgparty."

"Oh", meinte er überrascht, "ich hätte nicht gedacht, dass du dich noch meldest. Es ist ja schon einige Zeit her."

"Ja, es ist viel los gewesen und jetzt habe ich wieder mehr Luft."

"Und, kann ich etwas für dich tun? Lust auf die Lust?", fragte Jan nach einer Pause fröhlich.

"Ähm, ja", lachte Martina. "Bist du denn irgendwann hier in der Gegend?"

"Naja, ich kann ja mal vorbeischauen. Soll ich was mitbringen oder hast du alles da?", fragte er direkt.

Daran hatte sie gar nicht gedacht. Schnell entschied Martina, dass sie selbst alles besorgen wollte.

"Nein, du brauchst nichts mitzubringen."

"Am nächsten Wochenende habe ich keine Zeit, aber danach ist alles offen", meinte Jan.

Und schon hatten sie sich für den Samstagnachmittag in zwei Wochen verabredet.

Als sie Annika davon erzählte, lachte sie und meinte dann nachdenklich: "Mmh, du hast ihn erst einmal getroffen. Vielleicht solltest du die Kontrolle nicht total abgeben, was das Fesseln angeht. Lass es langsam angehen und achte auf dein Gefühl, Süße."

Während der Woche besuchten sie zusammen ein einschlägiges Geschäft, um sich Spielzeuge für Erwachsene anzuschauen. Schließlich entschied sie sich für eine Gerte, eine Augenbinde und Seidenfesseln.

"Was meinst du", fragte sie Annika, "könnte das auch etwas für mich sein?" Martina nahm nachdenklich eine kleine Peitsche in die Hand, deren Riemen sich weich anfühlten.

"Warum nicht", sagte Annika, "probiere es doch einfach aus. So teuer ist es nicht."

Da gab es eine lange Stange, an deren Enden jeweils eine Kette hing mit Fuß- und Handschellen aus Leder, ein merkwürdiger runder Ball mit Verschluss und vieles mehr. Annika klärte sie lächelnd auf, was es mit den Sachen auf sich hatte und Martina dachte, dass einiges davon für sie wohl nicht ganz unbekannt war.

Da es ihr gemeinsamer Tag war, verbrachten sie auch den Abend zusammen. Während sie sich im Arm lagen, begann Annika: "Und, hast du auch nicht auch mal Lust auf eine Session mit Finn und mir?"

Martina dachte, während sie sie streichelte, dass es lange her war, dass sie Finn getroffen hatte; an den Wochenenden war sie in Göttingen gewesen und in der Woche hatten nur sie beide sich gesehen. Lächelnd sagte sie: "Wie soll das denn eigentlich gehen? Einer ist doch dann immer außen vor."

"Mmmh", meinte Annika entrückt, während sie sie intensiv zu küssen begann und ihre Hände sanft nach unten wanderten, "ich genieße dich dort und Finn gleichzeitig."

Martina streckte sich aufstöhnend, während die Liebkosungen fordernder wurden und Annika mit vielen Küssen ganz nach unten wanderte. Es war unbeschreiblich, wie sie genau das tat, wonach sie gerade verlangte. Und dass es nach einem Orgasmus auch nicht zu Ende sein musste...

Später lagen sie entspannt und ineinander verschlungen auf dem Bett und Martina sagte: "Ich bin einverstanden, Annie. Aber was ist, wenn ich Finn genießen möchte, oder umgekehrt?"

Annika lächelte zurück: "Mach dir keine Gedanken; es ist alles erlaubt, was wir wollen." Sie küssten sich viel und gerne, dachte Martina wieder einmal entzückt und dann schliefen sie allmählich ein.

Während der Woche fragte Annika, ob es ihr am Samstagabend passen würde. Da sie nichts weiter vorhatte, sagte sie ihr zu.

"Und bring für die Nacht alles mit; du kannst danach bei uns bleiben."

"Sehen wir mal", meinte Martina, "aber vielleicht gehe ich später wieder; lass es uns offen halten."

Sie erinnerte sich noch gut daran, wie ihr das letzte Mal die Tränen gekommen waren. Als sie nach Hause ging, dachte sie an Daniel. Wo er wohl war? Und mit einem Mal flackerte eine intensive Sehnsucht nach ihm auf und ihr wurde klar, dass die Liebe für ihn immer noch in ihr lebte. Aber sie selbst, sann sie weiter, sie hatte sich irgendwie verändert...

Ihre Wut auf ihn stand nicht mehr wie eine dicke Betonmauer vor ihr; sie fühlte sich gefestigter und selbstbewusster als vorher. Aber noch war der Impuls nicht da, ihn anzurufen und das Wochenende mit Finn und Annika lag vor ihr.

Am Samstagabend machte sie sich auf den Weg. Martina hatte den Abend vorher lange überlegt, was sie selbst in dieser Session wollte und was nicht. Mit Annika gab es keine Grenze für sie, aber was war mit Finn? Er würde ihr willkommen sein, das spürte sie. Nach langem hin und her entschied sie, dass sie die Grenzen, ähnlich wie auf der Party im Juli, setzen wollte, je nachdem, wie sie es selbst aus dem Moment heraus wollte. Für alles andere war sie offen – sie vertraute Finn.
Langsam machte sich in ihr die gleiche Aufregung und Vorfreude wie damals auf der Party breit. Und so stand sie erwartungsvoll vor der Haustür.
"Hey, schön, dass du da bist", begrüßte Annika erfreut ihre Freundin mit einem dicken Kuss und schon stand Finn vor ihr.
"Komm rein", meinte er und lächelte sie warm an.
Sie setzte sich mit Annika auf die große Couch, die fast ein Bett hätte sein können, so groß und bequem, wie sie war. Martina lehnte sich in die Kissen zurück, während Finn Gläser und Schorle holte.
"Fühl dich wie zu Hause", meinte Annika.
Langsam entspannte sich Martina und nahm dankbar das Glas, das Finn ihr reichte, während er sich so setzte, dass sich Annika in der Mitte befand. Schließlich stellte Martina nach einer Weile fest: "Es ist schön, hier zu sein, mit euch beiden."
Annika kuschelte sich zu Finn in den Arm und zog dann Martina zu sich. So zusammenliegend sprach keiner für eine Weile, die gemeinsame Nähe genießend.
"Wir sollten festlegen, was geschehen darf und wo die Grenzen sind", begann Finn. "Ich bin offen für alles, was so entsteht. Wie geht's dir damit, Martina?"

"Also, mir geht es genauso. Allerdings mit der Einschränkung, dass ich mit dir, Finn, keinen Anal-Kontakt will und oral gefragt werden möchte, ob und was ich will. Zu fest mit den Brustwarzen mag ich nicht, ansonsten gerne die Gerte und die kleine Peitsche; die habe ich mal zum Ausprobieren mitgebracht."
Finn lachte: "Prima, das sind klare Vorgaben, damit kann ich was anfangen! Wann ist für dich Schluss?"
"Wenn ich "STOPP!" rufe... ist das okay?"
"Na klar."
"Und ihr", fragte Martina, "gibt es etwas, was ihr nicht mögt?"
"Ich lasse mich überraschen", meinte er. "Aber wenn du "Bratkartoffeln" hörst, dann sind bei mir oder Annika die Grenzen erreicht."
"Okay." Na klar, es ging ja nicht nur ihr so – bei ihm konnte auch mal die Grenze überschritten werden oder er mochte etwas nicht, daran hatte sie bisher nicht gedacht. Mit einem tiefen Atemzug lehnte sie sich wieder zurück, sich in den vier Armen entspannend. Das war wohlig und gleichzeitig prickelnd.
Irgendwann spürte Martina, wie Annika und Finn begannen, sich zu küssen. Dann nahm sie eine Bewegung hinter sich wahr und merkte, wie ihre Freundin sich zur Seite lehnte und Finn sich vorbeugte. Mmh ... das war ein männlicher Kuss, dachte Martina sofort; er weckte in ihr ein Verlangen nach mehr und fühlte sich warm und gut an. Annika begann sie zu streicheln, während Finn und sie sich weiter erkundeten. Irgendwann sagte Martina atemlos: "Hey, das ist wunderbar." Finn lächelte: "Geht mir ganz genauso."
Und jetzt kam Annika zu ihr, während Finn beide im Arm hielt, wohlig brummte und abwartete, wie es weiterlief.

Es war unglaublich aufregend, mit Annika in Finns Armen zu schmusen, dachte Martina. Der Kuss hatte ihr gut gefallen und ihr Bedürfnis nach seiner Männlichkeit geweckt. Sie würde ihn gerne in sich aufnehmen, das wusste sie jetzt. Spontan rief sie: "Hey, ich fühle mich pudelwohl mit euch beiden!"

Die lachten und nach einer Pause begann Annika, ihre Sachen auszuziehen, Martina und Finn schlossen sich an. So voreinander stehend, fragte sich Martina, was jetzt kommen sollte. Im gleichen Moment schlug Finn auch schon vor: "Lasst es uns langsam angehen. Wir werden schon wissen, was wir wann wollen. Vielleicht bleiben wir erst mal noch ein wenig hier und gehen danach zur Spielwiese?"

"Spielwiese?", fragte Martina.

Annika nahm sie an der Hand und zog sie zum Schlafzimmer, wo sich ihre Utensilien aufgebahrt befanden.

"Oh", sagte Martina, manche der Sachen vom Laden wiedererkennend, "das ist ja ein interessantes Sortiment!"

"Nicht wahr?", grinste Annika sie an. "Erklärt habe ich dir ja schon vieles; du kannst dir aussuchen, was du möchtest."

Finn hatte es sich derweil auf der Couch bequem gemacht und als sie zurückkamen, sahen sie sich unwillkürlich verschwörerisch an.

Er breitete die Arme aus: "Und, habt ihr euch schon ein bisschen Appetit gemacht?"

Annika legte sich links in seinen Arm und Martina rechts. "Eine verlockender als die andere", meinte er schließlich, zufrieden lächelnd, "heute ist mein Glückstag!"

Martina entspannte sich in seinem Arm; es gab keinen Druck, irgendetwas tun zu müssen, das war toll. Sie hätten jetzt auch irgendwo zusammen am Strand liegen können. Sie spürte seine Hand, die sanft den Rücken entlang strich und schloss die Augen. Annikas Hand wanderte zu ihr und mit einem Mal wandelte sich die Stimmung, wurde prickelnd. Sie sahen sich an und ihre Hand wanderte langsam hinunter zu ihrem Schoß. Genussvoll aufstöhnend streckte sich Martina in Finns Armen, während er mit seinen Händen über ihren Körper fuhr. Er begann sie zu küssen, während Annika sich mit dem Mund in sie vergrub. Martina schmolz dahin und zog Finn an sich, um seinen Kuss glühend zu erwidern. Sie tastete nach seinem Glied und spürte, wie es in ihrer Hand langsam wuchs.

"Wenn du magst, komm etwas höher", sagte sie stöhnend, während die Wellen immer höher schwappten.

Das ließ er sich nicht zweimal sagen und veränderte die Lage so, dass sie ihn mit dem Mund verwöhnte.

Finn löste sich nach einer Weile wieder von ihr, um sich Annika zuzuwenden und Martina dachte sofort daran, dass das ihr Wunsch gewesen war: sie beide gleichzeitig. Während er sie leidenschaftlich nahm, massierte Annika keuchend ihren Schoß.

Irgendwann setzte Martina sich langsam auf. Sie wollte nicht so schnell kommen. Den beiden schien es genauso zu gehen und nach einem Blick war klar, dass sie den Ort wechseln würden.

"Du bist heute unser Gast", raunte Annika ihr zu, mit ihr Arm in Arm in das Schlafzimmer gehend, "du darfst wählen. Wir können dich an die Tür fesseln, an das Bett ... was immer du willst." Abwartend setzte sich Finn auf das Bett.

In Martina tauchte plötzlich ein Gedanke auf, der sie nicht losließ. Während beide sie gespannt ansahen, sah sie die Scene mit Daniel vor sich, wie er sie fixiert hatte. Und langsam formte sich der Wunsch in ihr, diese Situa-

tion ähnlich, aber dieses Mal anders zu erleben. Sie setzte sich neben Finn und erzählte von ihrer Vorstellung.
Finn und Annika sahen sich an und schließlich meinte er: "Gut, dann schauen wir mal. Du kannst dich auf das Bett hocken und deine Beine kriegen wir hier auch fixiert." Finn ging hinaus, holte einen Lederhocker und stellte ihn auf das Bett. Annika holte die Fesseln vom Sideboard.
"So, meine Süße. Dann knie dich mal aufs Bett."
Martina holte tief Luft und fühlte aufgeregt, wie sich eine Erregung und ein leises Zittern gleichzeitig in ihr ausbreiteten. Finn band ihre Beine fest und Martina bettete sich mit dem Oberkörper auf den weichen Hocker, während Annika gefütterte Handschellen aus Leder um die Handgelenke legte und auf dem Rücken zusammenschloss.
"Das sieht schön aus", schnurrte Annika.
Erwartungsvoll lag sie jetzt da. Plötzlich fühlte sie etwas Weiches, was ihr über den Rücken strich und Martina musste kichern, bis sich der Puschel köstlich über ihre Scham bewegte und ihr ganz anders wurde. Mit einem spitzen Schrei wurden einige Eiswürfel begrüßt, mit denen Annika und Finn ihr langsam über den Körper fuhren, während Hände ihren Körper streichelten und liebkosten.
Annika begann schließlich, sie an ihrer Lustknospe zu massieren, und mit den Fingern in sie einzudringen, als sie den ersten Klatscher auf ihrer Pobacke fühlte, dem weitere folgten, bis ihre Kehrseite heiß zu prickeln begann, was Martina mit einem lauten Stöhnen quittierte. Sie hörte Finn hinter sich lustvoll aufseufzen, als Annika ihn zu sich zog und mit der Zunge sein Glied bearbeitete, während sie Martina mit der Hand weiter stimulierte und er erhitzt Schläge mit der Gerte austeilte. Annika

zog sich aus ihr zurück und im nächsten Moment kam Finn zu ihr, langsam zunächst und dann feurig Fahrt aufnehmend. Annika streichelte sie, knabberte und saugte bis an die Schmerzgrenze an ihren Brüsten. Es war eine bisher nicht gekannte Erregung, die Martina jetzt fast unerträglich durchzog. Sie begann, laut zu stöhnen und hemmungslos um mehr zu betteln. Schließlich zog sich Finn heftig atmend aus ihr zurück.

In Martina brandete eine unvorstellbare Begierde hoch und sie fühlte, dass sie weitergehen wollte. Und so bat sie: "Magst du noch in meine Höhle kommen?"

"Hmm", sagte Finn, sich Annika zu wendend. Sie sahen sich beide an und entschieden wortlos, dass Martina heute die Hauptperson sein durfte.

Annika holte Gleitcreme und massierte liebevoll diesen weichen Mund, ihn mit den Fingern weitend, während Finn den Anblick genoss und sich stimulierte.

Annie ... es war so wunderbar mit ihr, ging Martina durch den Kopf, während sie sich der Lust, die sie ihr so hingebungsvoll schenkte, ergab. Schließlich erhob sich Annika und Finn zog sie an sich, seine Frau, und küsste sie feurig, während er sanft in Martina hinein glitt.

Finger stimulierten sie erneut und plötzlich sauste die kleine Peitsche auf ihren Rücken, auf ihren Po, auf ihre Oberschenkel, jemand knabberte an ihren Brüsten ...

Martina stöhnte und schrie, ganz in dieser feurigen, heißen Lust vergehend. Finn bearbeitete sie leidenschaftlich und als Annika in sie eindrang und sie auch noch im Schoß stimulierte, ergab sie sich einer unbeschreiblichen Ekstase, in der sie hemmungslos ihre Lust herausschrie.

Finn zog sich aus ihr zurück und Annika löste die Fesseln, um mit ihr in einer innigen Umarmung auf das Bett zu sinken.

Nach einer Weile erhob diese sich und nahm ein Seil vom Board, das sie oberhalb des Türrahmens durch zwei Ösen zog, die in der Wand eingelassen waren. Finn erschien aus dem Bad und fixierte Annika unter Küssen und Liebkosungen an den Oberarmen, sodass sie jetzt im Türrahmen stand. Sie standen voreinander und sie hörte Annika stöhnen. Finn nahm die Gerte, um ihr damit liebevoll das zu geben, wonach sie verlangte und Martina ging jetzt ebenfalls zu ihr. Hinter ihr stehend begann sie, ihre Büste zu umfassen.
"Nimm die Peitsche, Süße", keuchte Annika. Okay, dachte Martina, das war neu. Und so begann sie, ihren Rücken und ihren Po erst langsam und dann immer fester zu bearbeiten, während Finn wonnig in sie eintauchte. Annika warf den Kopf zurück und gab laute Lustschreie von sich. Martina tastete zu ihrem Kitzler und erregte sie zusätzlich. Und so bäumte sich Annika irgendwann unter ihren Händen aufschreiend auf, während Finn mit einem stürmischen Stakkato ebenfalls in ihr kam.
Martina löste sich als Erste und ging zum Bett zurück, um sich dort unendlich zufrieden und entspannt auszustrecken und die Augen zu schließen.
Sie hörte zärtliches Flüstern und schließlich krabbelten die beiden ebenfalls ins Bett. Annika kuschelte sich eng in Finns Arme und er streckte unter ihr den Arm nach Martina aus. Sie rutschte heran und umarmte beide.
Mmmh, dachte Martina wohlig, als sie mitten in der Nacht aufwachte, das wird wohl nichts mehr mit dem nach Hause fahren. So drehte sie sich um und schlief weiter.

Kapitel 9 Jan

Sie wachte auf, als Annika ihr lächelnd über die Haare strich und ihr einen ausgiebigen Kuss gab: "Guten Morgen, Süße. Kaffee ist fertig!"
"Mmmh ... ich habe gar nicht mitgekriegt, dass ihr aufgestanden seid", flüsterte Martina und räkelte sich.
"Du hast geschlafen wie ein Murmeltier."
Martina rappelte sich hoch, herzhaft gähnend und nahm das angebotene Handtuch, um ins Bad zu trotten. Im Wohnzimmer ihre Sachen zusammen suchend, sah sie Finn in der Küche sitzen. "Guten Morgen", winkte sie fröhlich im Vorbeigehen und eine Viertelstunde später frühstückten sie gemeinsam.
Es war eine entspannte Atmosphäre mit den beiden, fast familiär, stellte Martina fest. Um kurz darauf schmunzelnd zu denken: Ist ja auch kein Wunder nach der letzten Nacht!
"Und", meinte Finn und lächelte sie an, "wie geht es dir?"
"So gut wie schon lange nicht mehr", sagte Martina strahlend, "es war .... es war ... ach, ich finde kein Wort dafür!"
Sie lachten alle drei und schließlich meinte sie: "Ihr zwei seid ein tolles Paar." Um im nächsten Moment zu denken, dass sie das besser hätte nicht sagen sollen, denn jetzt kam der Gedanke an Daniel doch noch.
"So, ihr Lieben, ich glaube, ich marschiere mal und entlasse euch in den Sonntag", meinte sie, sich zusammen nehmend.
"Hey", meinte Finn, "du störst nicht. Ich denke mal, ein gemeinsames Frühstück nach der tollen Nacht wäre schön."
Annika schaute sie prüfend an: "Daniel, hmh? Verdrängen bringt nichts, früher oder später steht ein Gespräch

doch an. Ich weiß doch, dass er dir nicht aus dem Kopf geht."
"Ja", gab Martina leise zu, "und ich liebe ihn nach wie vor." Sie lehnte sich zurück und fuhr fort, während beide sie ansahen: "Ja, du hast recht und so langsam kann ich mir das vorstellen. Aber die Zeit habe ich gebraucht."
"Das klingt gut", meinte Finn.
"Wie war es denn für euch?", gab Martina die anfängliche Frage zurück.
Annika schaute auf Finn, der daraufhin grinste und sagte: "Ich kann mich nicht beklagen!" Sie gab ihm einen Rippenstoß, woraufhin er sich übertrieben klagend seine Seite rieb und meinte, man sähe ja, dass seine Frau die Hosen anhätte.
Schließlich meinte er, immer noch grinsend: "Ich hab's voll genossen, zwei so hübsche Ladies vernaschen zu dürfen."
"Typisch Mann", meinte Annika daraufhin stirnrunzelnd, "der lässt nichts aus!"
Martina lächelte, das gegenseitige Necken beobachtend. Nach einer Stunde verabschiedete sie sich von beiden und fuhr nach Hause. Es war eine starke Erfahrung gewesen und sie wusste jetzt, was sie wollte und wie sie es wollte. Und nur damit wurde ein Gespräch mit Daniel überhaupt erst möglich.

In der darauffolgenden Woche war viel los; die drei Tage saß sie an der Kasse und dann arbeitete sie ununterbrochen am Schreibtisch, um ihr Buch fertig zu schreiben. Dazu kam das Lektorieren und noch ein Artikel für eine wöchentliche Kolumne in einer Zeitschrift.
Plötzlich fiel ihr ein, dass Jan am nächsten Wochenende kommen wollte. Aber als sie mit Annika an ihrem Abend darüber sprach, war diese auf einmal der Meinung, dass

das keine gute Idee war. Sie hätte kein gutes Gefühl dabei, dass ihre Freundin mit einem Fremden für solche Sessions alleine blieb. Als Martina verblüfft meinte, auf der Burgparty sei doch alles gut gewesen, warf Annika ein, dass dort viele, andere Menschen gewesen waren. Ein Exzess hätte dort nicht passieren können.

Nach einer Gedankenpause entschied Martina, dass ihr Gefühl bei Jan gut war und sie mit ihm weitere Erfahrungen machen wollte. Sie traute sich zu, die Grenzen klar setzen. Aber Martina gab Annika in dem Punkt recht, erst einmal eine Art der Fesselung zu wählen, bei der sie sich selbst befreien konnte, wenn sie es wollte.

"Mir gefällt es trotzdem nicht, dass du mit ihm alleine bist", beharrte Annika auf ihrem Standpunkt.

"Du bist wohl ein bisschen eifersüchtig, was?", vermutete Martina plötzlich schmunzelnd.

Annika sagte nichts und meinte nach einer Weile: "Vielleicht ein kleines bisschen."

Martina nahm sie in den Arm, streichelte sie und meinte nach einem innigen Kuss lächelnd: "Ich erzähle dir hinterher auch alles, versprochen!"

Annika seufzte und sie schliefen Arm in Arm ein.

Schließlich war es soweit und Jan stand vor der Tür. So hatte sie ihn in Erinnerung, dachte sie sofort: lässig in Jeans, Boots und T-Shirt, verstrubbelte Haare und der berühmte, erotische 3-Tage-Bart.

"Hey Martina", begrüßte er sie locker.

"Hey, komm rein, schön, dass du gekommen bist! Wie war die Fahrt? Willst du was trinken?"

"Der übliche Stau, aber sonst war alles okay. Ein Glas Wasser wäre prima."

In der Küche sitzend unterhielten sie sich ein bisschen. Jan hatte etwas vom Typ Easy Rider, nach dem Motto

"Heute hier und morgen dort"; sein Blick war offen und entspannt. Martina befand, dass sich ihr gutes Gefühl vom Juli bestätigte.
"Wollen wir erst einmal zum Akklimatisieren ins Café gehen?", fragte Martina.
"Nee, lass man. So fertig bin ich nun auch nicht. Vielleicht hinterher", meinte er, sie bedeutungsvoll ansehend.
Martina lachte: "Okay."
Sie sahen sich an und Jan rückte lächelnd näher: "Und, was darf es denn dieses Mal sein?"
"Also ... Fesseln wieder gerne, aber erst einmal so, dass ich mich selbst wieder lösen kann. Ansonsten sehen wir mal. Anal und oral nur nach vorherigem Fragen, da gibt es keine Garantie darauf. Ansonsten..."
Martina stand auf und holte ihre Seile zum Fesseln, Augenbinde, Gerte und Peitsche und legte sie auf den Tisch.
"Cool, da ist ja was dazu gekommen", sagte er grinsend.
"Sag mal", meinte Martina, "du hast dich ja so toll auf mich eingestellt beim letzten Mal. Ist das für dich so in Ordnung oder was gibt es was, was du dir wünschst?"
"Hmh", meinte er, "im Prinzip reizt mich genau das, was wir tun. Und ja ... ich mag es, wenn mein bestes Teil mit dem Mund verwöhnt wird – aber wenn du nicht willst, ist es auch okay."
"Warst du eigentlich auch mal mit einem Mann zusammen", fragte sie spontan. Er sah sie unergründlich an und meinte nur: "Ist nicht jeder ein bisschen bi?"
Okay, dachte Martina, Themenwechsel.
"Na gut", entschied sie und er folgte ihr ins Schlafzimmer. Sie zogen sich beide aus und er ging auf sie zu, umarmte sie, während seine Hände genussvoll über

ihren Körper wanderten und begann dann, sie hungrig zu küssen.

Martina löste sich schließlich von ihm und meinte etwas unentschlossen: "Ich bin noch nicht so klar damit, wie und wo. Hast du einen Vorschlag?"

Jan schaute sich um und sein Blick blieb am Esstisch in der Küche hängen. "Wie wäre es damit: Du legst dich auf den Tisch oder stellst dich davor?"

"Also", überlegte Martina, "ich glaube, ich möchte lieber stehen. Wie wäre es mit der Tür oder dem Türrahmen?"

"Prima", grinste er, "das klingt verlockend."

Sie hatte die Tage vorher schon einen Haken über der Tür in der Wand angebracht, angeregt durch die letzte Dreier-Session. Sie zogen ein Band hindurch, sodass sie dort mit den Händen fixiert sein würde.

"Auch die Beine?", fragte er. "Vielleicht an einem der nächsten Male", erwiderte Martina.

"Ah, ja, ist okay."

Es war unglaublich locker mit ihm, dachte sie grinsend und irgendwie witzig. Er schien sich auf alle Wünsche einstellen zu wollen.

Jan ging zu seiner Tasche, holte eine schwarze Rolle heraus, die er ihr zeigte und fragte, ob er ihr das mitgebrachte Seil um den Körper schlingen dürfte. Es würde sie nicht fixieren, aber er mochte das und es machte ihn an. Martina nahm die Rolle und ließ ihn dann neugierig werkeln. Wie damals Daniel schnürte er ihre Brüste hoch, ansonsten liefen die Seile einfach recht dekorativ über ihren Körper, ohne sie einzuschränken. Ob sie auch High Heels dazu anziehen würde? Martina stutzte und sah ihn unschlüssig an. Dann dachte sie, okay, ich habe ja auch was davon. Sie zog sich ein Paar an und wartete gespannt, was jetzt noch kam. Aber er schien

zufrieden und machte sich daran, das Seil durch den Haken zu ziehen und ihre Hände locker zu umbinden.
"Mmmh", brummte Jan, "das sieht wirklich lecker aus!"
Martina musste lachen, während er ihr die Augenbinde umlegte.
Erwartungsvoll stand Martina da und fragte sich, immer noch schmunzelnd, wie da eine erotische Spannung aufkommen sollte, wenn er so drollig war. Aber so langsam änderte sich die Stimmung. Vor ihr stehend fuhr er mit seinen Händen ihren Körper entlang und presste sein steifes Glied an sie, um sie seine Erregung spüren zu lassen. Sie begann unwillkürlich schneller zu atmen und spürte plötzlich, wie die vielen Lederriemchen der kleinen Peitsche überall über ihren Körper gestrichen wurden, sie in jedem Winkel erregend berührend. Ab und zu mal ein sanfter Schlag hier und dort, und schon fühlte sie seine Hand fest an ihrem Kitzler.
Es war anders als das letzte Mal und ebenso gut, dachte sie seufzend. Er hatte ein feines Gefühl für das, was er machte, dieser Jan.
"Das ist schön", flüsterte sie, und schon kam ein weiterer Hieb auf den Rücken, sanft auf ihre Brüste und fester auf den Po. Sie spürte an seinen Reaktionen und Lauten, wie er es genauso genoss wie sie. Er nahm die Gerte und bearbeitete den Po, bis er zu glühen schien, um dann vor ihr zu knien und sich hungrig mit dem Mund in sie zu versenken.
Aaah ... die Lust fing an, unerträglich zu werden und sie zerrte an den Fesseln, mehr verlangend. Aber er ließ sie noch ein wenig zappeln, liebkoste ihre Pobacken fest knetend mit den Händen, um sich schließlich genussvoll in sie hineinzuschieben und leidenschaftlich Fahrt aufzunehmen. Martina warf stöhnend den Kopf zurück und genoss seine ungestüme Männlichkeit, während er be-

gann, seiner Lust hörbar Ausdruck zu verleihen. Unvermutet zog er sich aus ihr zurück und meinte erhitzt: "Du schmeckst wirklich gut, Schneckchen."
Martina musste lachen, wie er das so sagte, und sagte schließlich: "Du bist echt süß, Jan! Hör mal, die ganze Zeit in diesen Schuhen hier mit dir zu stehen, sorry, das wird langsam unbequem."
"Ähm ... ich kann sie dir ausziehen, gib mal her."
Sie fühlte, wie er die Schuhe auszog, wodurch aber plötzlich das Seil am Haken unangenehm kurz wurde. Schließlich löste sich Martina, nahm die Augenbinde ab und meinte: "Lass uns mal eine Pause machen."
Sie standen voreinander und Martina schlug vor: "Weißt du was? Ich bin jetzt raus ... Wir gehen was trinken und sehen später weiter. Du kannst gerne über Nacht bleiben."
Jan schaute sie regungslos an und grinste dann: "Ist gut."
Sie wanderten durch Sachsenhausen und kehrten in ein nettes, gemütliches Lokal ein, um erst Stunden später in die Wohnung zurückzukehren. Jan wohnte in Köln und war in der IT-Branche tätig. Sie fragte ihn, wie alles für ihn angefangen hatte, dass er sich für Bonding interessierte und so unterhielten sie sich sehr angeregt über seine ganzen Erfahrungen. Und, wie sie richtig vermutet hatte, war er nicht gebunden. Martina erzählte schließlich auch von ihrer ersten Erfahrung, die sie dazu gebracht hatte, sich mehr erkunden zu wollen. Jan schwieg eine Weile und meinte dann: "Das war mutig von dir, dich so bald danach wieder ins Feuer zu begeben."
Als sie Stunden später wieder in ihre Wohnung zurückkehrten, machten sie sich für die Nacht fertig und als sie nebeneinander auf dem Bett lagen – flackerte doch noch einmal die Lust auf. Sie inszenierten spontan eine schö-

ne Session, bei der sie sich beide ausgiebig mit dem Mund verwöhnten und anschließend bekam Martina eine Kostprobe von Jans besonderen Verschnürungskünsten. Er schien ein wahrer Meister darin zu sein und sie dachte, dass der Fantasie wirklich keine Grenzen gesetzt waren. Es war schön mit ihm, während sie sich gleichzeitig ungezwungen und sicher fühlte.

Sie trafen sich von nun an regelmäßig an den kommenden Wochenenden. Jan war experimentierfreudig und sie hatte viel Spaß mit ihm. Er schien sich genauso wohl zu fühlen und einmal brachte er einen Dildo und Handschellen mit. Zu ihrer großen Überraschung bat Jan darum, selbst auf das Bett gefesselt zu werden. Und der Dildo wäre auch für ihn. Als Jan ihr diesen Wunsch präsentierte, schaute er sie ausdruckslos an, ihre Reaktion abwartend. Martina stimmte zu und es war letztendlich eine ganz erstaunliche Erfahrung, die Rolle einmal zu wechseln. Gut, es würde nicht ihre Profession werden, aber sie entdeckte, dass es dazu herausforderte, sich ganz dem anderen und seiner Lust einfühlsam zu widmen, der sich so vollkommen auslieferte. Dazu kam noch das, was es mit einem selbst anstellte, wenn man plötzlich die Zügel und die absolute Macht in den Händen hielt. Ganz unvermutet stellte es sich als außerordentlich erregend und berauschend heraus.
So vergingen die Wochen; Jan kam in der Regel am Samstag an, manchmal auch schon am Freitagabend, und sonntags nach dem Frühstück verabschiedete er sich.

Der Dezember brach an und das Bedürfnis, sich mit Jan zu treffen, hatte allmählich abgenommen. An diesem Wochenende saß Martina nach dem Frühstück, mit ei-

nem Kaffee in der Hand, gemütlich am Küchentisch. Zurückblickend dachte sie über die Zeit mit Jan nach. Sie hatte sich total ausprobiert mit einer Seite in ihr, die ihr bis zum Juli diesen Jahres noch völlig unbekannt gewesen war. Und es war so, als hätte sie erhalten, was sie hungrig gesucht hatte - und nun fühlte sie sich satt. Die Treffen mit Jan waren schön gewesen, aber gefühlsmäßig im Grunde an der Oberfläche angesiedelt.
Ja, sie nahm klarer wahr, was sie wollte, war sicherer darin geworden, Wünsche offen darzulegen. Bei Daniel hatte sie sich damals gerne und blind führen lassen, erkannte Martina, unwillkürlich an das Bild des unfehlbaren Ritters auf dem weißen Pferd denkend.
Und allmählich konnte sie auch nachvollziehen, dass ihm tatsächlich im Machtrausch die Zügel entglitten waren... und dazu hatte sie ihn, unbewusst zwar, auch noch entsprechend gut angefeuert. Nachdenklich sah sie die Scene in ihrer Erinnerung vor sich und musste auf einmal lächeln. Oh ja ... und wie sie ihn angefeuert hatte!
Gleichzeitig spürte sie, wie ihre Wut auf ihn verflogen war. Sicher musste über die damalige Situation gesprochen werden und sie wusste, dass sie jetzt aktiv dafür sorgen würde, dass im Bett alles in einer Bahn verlief, mit der es ihr gut ging.
Seufzend dachte sie sehnsüchtig an ihn. Ihre Gefühle für ihn wallten hoch und sie wünschte auf einmal sehnlichst, er wäre jetzt bei ihr. "Liebe ist nicht alles – aber ohne die Liebe ist alles nichts" ... wer hatte das noch einmal gesagt?

Martina machte sich auf, um noch etwas für das Wochenende einzukaufen und eine Runde spazieren zu gehen. Sie überlegte, wie sie das Gespräch mit Daniel führen wollte. Schlagartig überfiel sie aber ein ganz anderer Gedanke: Was, wenn Daniel jemand anderen in der Zwischenzeit kennengelernt hatte?

Ernüchtert und bang machte sie sich klar, dass sie ihn konsequent abgewiesen hatte und seit Ende Juli nichts mehr von ihm gehört hatte. Gedankenverloren lief sie die Schweizer Straße entlang und ließ ihren Blick umherschweifen. Samstags war immer viel los und plötzlich machte ihr Herz einen Satz. Daniel ... Das war er doch!

Er ging gerade in den Feinkostladen, in dem sie sich öfter mal etwas geholt hatten. Aufgeregt wechselte sie die Straßenseite und lief auf den Laden zu. Vor dem großen Glasfenster des Geschäfts stehend sah sie, wie er in einer Schlange an der Theke auf die Bedienung wartete.

Daniel ... Alle möglichen Gefühle wirbelten in ihr durcheinander: Freude, Sehnsucht, Liebe ... aber würde er noch frei sein?

Martina nahm einen tiefen Atemzug und entschied, an einem der Stehtische, die auf dem Bürgersteig standen, auf ihn zu warten.

Aufgeregt sah sie, dass er an der Kasse stand und als er die Tür öffnete, stockte er, als er sie erblickte.

Sie sahen sich an ... und die Zeit schien still zu stehen.

Kapitel 10 Daniel

Daniel saß vor seinem Laptop und schaute lange auf die E-Mail von Martina.
"Lass es einfach, Daniel. Unsere Beziehung ist an jenem Sonntag gestorben. Wie soll ich je wieder Vertrauen zu dir haben? Martina."
Er hatte es wirklich gründlich versaut.
Verdammt, wie hatte ihm alles nur so entgleiten können? Was würde er darum geben, alles ungeschehen zu machen. Martina … er vermisste sie so sehr! Ihr Geruch in seinem Bett, ihre Zahnbürste im Bad und sonstige Kleinigkeiten von ihr in seiner Wohnung erinnerten ihn jeden Tag und jede Nacht daran, was er verloren hatte. Schmerzerfüllt starrte er blicklos aus dem Fenster.
Martina ignorierte ihn hartnäckig, beantwortete keiner seiner Nachrichten und ließ ihn vollendet auflaufen. Er schien keine zweite Chance zu bekommen, erkannte Daniel allmählich verzweifelt und mutlos.

Zurückdenkend an jenen Nachmittag, sah er die ganzen Geschehnisse vor sich, als sei es gestern gewesen. Er hatte gehofft, seine geheimen, sexuellen Wünsche mit ihr ausleben zu können und, auf seine Frage hin, lautete ihre Antwort "Mach mit mir, was du willst". Es war alles so erregend, so stark und berauschend gewesen. So euphorisch, seine Fantasien ausleben zu dürfen, hatte das bei ihm wirklich alle Schleusen geöffnet, machte er sich niedergeschlagen klar.
Bedrückt musste er sich eingestehen, dass manche der Schreie deutliche Schmerzschreie gewesen waren. Die er einfach ignoriert hatte. Und er hatte Martina sogar noch ohne ein Wort wieder aufs Kissen zurückgedrückt

und dort eisern festgehalten. Im Gegenteil - ihre Schreie hatten ihn nur noch mehr angemacht!
Vor sich hinstarrend, hätte er sich am liebsten vor sich selbst verkrochen. Was war da mit ihm nur los gewesen? Er liebte sie doch und sie war die Frau, mit der er eine Familie gründen wollte ... wie hatte er sie da so behandeln können? Und, um die Verwirrung vollständig zu machen, hatte sie am Ende auch noch geschrien, dass sie es wollte!
Viele Fragen, auf die er keine Antworten fand. Im Grunde hinterließ ihn das alles fassungslos und die einzige Person, mit der er darüber hätte sprechen wollen, hatte sich gerade aus seinem Leben verabschiedet.

Daniel gab seine Kontaktversuche schließlich resigniert auf. Ihre ganzen Sachen verstaute er in einem Karton, den er im Keller unterbrachte, falls sie es sich irgendwann einmal anders überlegte. Die Hoffnung stirbt wirklich zuletzt, dachte er traurig.
Der Alltag in der Bank ließ ihn tagsüber vergessen, dass Martina nicht mehr Teil seines Lebens war, aber an den einsamen Abenden und Wochenenden fiel die Erinnerung umso heftiger über ihn her. Nachts träumte er von ihr, genauso wie von diesem unseligen Nachmittag.
Schließlich beschloss er, wieder auszugehen und sich weiter umzuschauen, um über sie hinwegzukommen. Aber unwillkürlich suchte er Martina in den Blicken der anderen Frauen, die ihn letzten Endes nicht wirklich interessierten.
Immer wieder ging Daniel ihre Nachricht durch den Kopf "Wie soll ich dir jemals wieder vertrauen?" Was ihn sich die Frage stellen ließ: Konnte er das Vertrauen im Laufe der Zeit vielleicht nicht doch wieder aufbauen? Martina

war seine Frau fürs Leben - es musste einen Weg zurück zu ihr geben. Aber wie?

Wie es der Zufall wollte, saß er an einem schönen Abend im Juli auf der Wiese am Main, ein Bier in der Hand, und entspannte sich im Getümmel. Neben ihm lagerte eine Gruppe junger Studenten, die sich lockerflockig über ihre sexuellen Erlebnisse austauschten. Grinsend dachte er daran, dass er das, abgesehen mal von der Jungenclique in seiner Schulzeit, nie als Erwachsener getan hatte. Sich so ungeniert über eigene Erfahrungen in der Öffentlichkeit auszulassen ... er stellte sich seufzend die Frage, ob er vielleicht schon zum alten Eisen gehörte?
Unbemerkt und amüsiert lauschend machte er aus, dass es sehr unterschiedliche Vorlieben gab. Plötzlich hellhörig wurde er, als ein junger Mann davon erzählte, dass er gerne auch mal feste Klapser mit der flachen Hand als Luststeigerung einsetzte und es dabei durchaus auch recht heftig zur Sache gehen durfte. Die anderen lachten und einer kommentierte, dass er da wohl seinen Alltagsfrust verarbeitete. Woraufhin dieser sofort energisch widersprach und aufklärte, dass es darum nicht ging. Vielmehr sei es sehr luststeigernd, sich darauf einzulassen, wobei er vorher mit seiner Freundin abklärte, was geschehen sollte. Denn er hätte nicht vor, dem Frauenhaus einen Zuwachs zu bescheren. Es ging in der Gruppe noch ein wenig hin und her, bis ein anderer sich ebenfalls dazu bekannte. Der berichtete, dass er und seine Freundin das Safeword "Der letzte Mohikaner" benutzten, woraufhin die Gruppe lachte.
Daniel saß überrascht da und seine Gedanken begannen, zu rotieren. Safeword? ... Und alles vorher abgesprochen ... das hatte er natürlich nicht gemacht. Er

erhob sich und wanderte gedankenversunken ziellos am Main entlang.

Eigentlich hatte er sich gar keine Gedanken vorher gemacht. Mit Martina schien so viel möglich und sie war so offen für alles gewesen. Es war einfach traumhaft mit ihr. Aber über sexuelle Fantasien hatten sie in den zwei Monaten ihrer Beziehung überhaupt nicht geredet. Im Grunde hatte er noch nie mit jemanden über seine heimlichen Wünsche geredet. Und an jenem Nachmittag hatte er einem Impuls nachgegeben und alles war aus dem Ruder gelaufen.

Wieder vergingen Tage und Daniel dachte oft an das belauschte Gespräch. Schließlich suchte er im Internet nach Erfahrungen zum Thema und fand heraus, dass es anscheinend viele Paare gab, die ähnliche Bedürfnisse hatten und das auch praktizierten. Allerdings wurde ihm, je mehr er darüber las, immer bedrückter klar, dass es so, wie es an jenem Nachmittag abgelaufen war, ein No-Go war. Er hatte nichts mit ihr besprochen und sie in einem Moment höchster Erregung überrumpelt. Sie hatte ihm bedingungslos vertraut und er hatte ihr aus dem Rausch heraus rücksichtslos, und ohne die Möglichkeit, das Ganze zu beenden, Schmerzen zugefügt, erkannte er entmutigt. Sie schien es zum Schluss vielleicht sogar unerwartet gewollt zu haben, aber bestimmt nicht auf diese Art und Weise.

Sich so schonungslos den Fakten stellend, fragte er sich schmerzlich, wie er es überhaupt schaffen sollte, dass sich Martina ihm jemals wieder öffnete?

Schließlich wanderten seine Gedanken weiter: Gesetzt den Fall, sie täte es - wie genau sollte es im Bett weiter laufen? Daniel holte sich aus dem Kühlschrank ein Bier und setzte sich auf die Couch, vor sich hin grübelnd.

Schließlich entschied er, dass er sich endlich mal genauer mit seinen geheimen Wünschen und Vorlieben beschäftigen würde.
Was genau hatte ihn angemacht?
Die Partnerin ausgeliefert vor sich zu sehen ... mit ihr machen zu können, was er wollte ... soweit war alles klar. Dann wurde es deutlich unangenehmer: Er liebte sie und es hatte ihn trotzdem aufgeheizt, ihr weh zu tun; er hatte ihre Schmerzschreie definitiv genossen. Punkt.
Daniel nahm einen tiefen Atemzug und, sich dieser Erkenntnis stellend, überlegte er, was er nun damit anfangen sollte.
Und wieder wühlte er im Internet, sich die halbe Nacht damit um die Ohren schlagend, Erfahrungsberichte zu lesen und sich einschlägige Bilder und Videos anzuschauen. Irgendwann kam er zu dem Schluss, dass er seinen Wünschen bewusst Raum geben musste, um sich damit kennenzulernen. Er war zwar mit seinen fast 40 Jahren schon älter als die jungen Studenten auf der Wiese, aber bestimmt noch nicht zu alt, befand er. Und alles unter den Teppich kehren war keine Option mehr.

Also machte Daniel den nächsten Schritt und meldete sich in einer Kontaktbörse an, um Menschen mit ähnlichen Neigungen kennenzulernen.
Sein eigenes Profil erstellend, sollte er ankreuzen, was – in Punkten von 1 bis 5 – seine Vorlieben oder Abneigungen waren, was ein No-Go war und was in jedem Fall bei einem erotischen Treffen stattfinden sollte. Amüsiert las Daniel die endlos lange Liste durch und machte entsprechende Häkchen. Er ordnete sich selbst der dominanten Richtung zu; anal, Bondage, SM, BDSM ... ein klares Ja. Fisting oder Sex mit Männern ... nein.

Viele schienen sogar ihre eigenen Bilder einzustellen, staunte er, das würde er nie tun. Schließlich war alles auf seinem Profil eingestellt und nun war er gespannt, ob sich eine Dame meldete.
Wieder vergingen die Tage, als er eines Abends eine Nachricht in seiner Mail-Box vorfand.
"Hallo Master of Desaster, ich bin Nicky. Ich würde dich gerne kennenlernen."
Daniel schaute sich ihr Profil an: 40 Jahre, brünett, devot, und ihr Wünsche passten zu dem, was er auch wollte. Dazu wohnte sie in Hanau; das war nicht so weit weg.
Er antwortete ihr per E-Mail und sie verabredeten sich am Wochenende in einem Restaurant in Hanau. Gespannt saß er am Samstagabend in einem kleinen, gemütlichen Italiener und wartete auf sie. Sicher schaute sie erst einmal unauffällig und entschied, ob er ihrem Geschmack entsprach, dachte er schmunzelnd. Schließlich setzte sich eine Frau an seinen Tisch, der Typ Unternehmerin, schick gekleidet und gepflegt, dunkle Kurzhaarfrisur.
"Hallo, ich bin Nicky."
"Hallo Nicky, ich bin Daniel."
Sich gegenübersitzend musterten sie sich und Daniel entschied spontan, dass er sich mit ihr auf das Abenteuer einlassen würde, wenn sie es auch wollte. Sie bestellten eine Kleinigkeit und er erzählte offen, was ihn zu der Kontaktanzeige veranlasst hatte. Er wollte eine Partnerin, mit der er seine neu entdeckte Neigung kennenlernen konnte. Abschließend fügte er hinzu, dass er es sich mit ihr gut vorstellen könnte.
Nicky wiederum stellte klar, dass sie sich einen Partner für ein gelegentliches Treffen wünschte, um sich auszutoben. Über Berufliches wurde von beiden bewusst nicht

geredet. Schließlich fragte sie ihn, was er denn gerne mit ihr anstellen würde, ihn unergründlich ansehend.

Daniel dachte: Wow, die Frau geht aufs Ganze! Er beugte sich vor und erzählte leise, dass er sie gerne gefesselt vor sich sehen würde, um sie dann so zu verwöhnen, bis sie ihn um mehr anflehte. Und dass er ihr ebenso gerne beim Akt Schmerzen zufügen würde, um ihre Schreie dabei zu genießen. Daniel lehnte sich zurück und sah sie abwartend an.

"Was stellst du dir dafür vor? Wie willst du das am liebsten tun?", fragte Nicky jetzt ohne Umschweife.

"Das hängt von dir ab: Wie würdest du es denn mögen?", fragte Daniel genauso direkt zurück. "Wie weit kann ich gehen und was geht für dich gar nicht?"

Sie unterhielten sich offen über die Möglichkeiten und ihre Wünsche, was er noch nie zuvor mit jemandem getan hatte. Nach einer gefühlten Ewigkeit verabschiedeten sie sich und sie begleitete ihn zum Auto.

Nicky stand vor ihm und schien auf etwas zu warten und so beugte er sich zu ihr, um sie hungrig zu küssen, während seine Hände über ihren Körper wanderten und er sie seine starke Erregung fühlen ließ. Schließlich sagte er: "Melde dich, wenn du es willst."

Mit einem Hochgefühl fuhr er nach Frankfurt zurück. Es war eine neue, intensive Erfahrung gewesen, so direkt die Dinge anzusprechen und gleichzeitig total antörnend. Würde sich Nicky melden?

Im Laufe der Woche erhielt er tatsächlich eine E-Mail von ihr, dass sie einverstanden war und sich gerne mit ihm am nächsten Samstag im Hotel treffen wollte. Sie freute sich darauf, ihm zur Verfügung zu stehen und sich von ihm nach allen Regeln der Kunst verwöhnen zu lassen.

Wow, dachte Daniel, auf die Nachricht starrend. Sie schrieb außerdem, dass sie alles weitere mitbringen würde.
Den Rest der Woche dachte er immer wieder an Martina. Würde er sie auf diesem Weg irgendwann vielleicht zurückgewinnen können? Den Karton im Keller eingedenk spürte er, dass seine Entscheidung mit Nicky richtig war. Und jetzt stand er aufgeregt vor einem Neuland, das es zu entdecken galt.

Nicky erwartete ihn in der Lounge des Hotels, um mit ihm in eine geräumige Suite zu gehen. Zusammen setzten sie sich zunächst an den Tisch und lächelnd stellte sie einen Einkaufskorb darauf, dem sie verschiedene Utensilien entnahm, über die er grundsätzlich verfügen konnte. Da waren einige Seidenfesseln, ein Knebel, ein Halsband, Handschellen, die mit Samt ausgeschlagen waren, eine Gerte, eine kleine Peitsche, ein Federpuschel, Klammern, Handschellen aus Leder, um Hände und Füße aneinander oder ans Bett zu fesseln und einiges mehr.
Überrascht schaute er sich interessiert das Sortiment an. Nicky lächelte und ergriff die Gerte: "Die kannst du heute zuerst einsetzen, später auch die kleine Handpeitsche. Wenn ich in Fahrt bin, darf es ruhig fester werden. Die Klammern sind für die Brustwarzen und die Schamlippen."
Daniel holte tief Luft und kratzte sich verlegen am Kopf: "Ich bin da nicht so erfahren, wie du es dir vielleicht wünschst. Ehrlich gesagt, wirst mir sagen müssen, wann du was willst."
Nicky lachte: "Mach dir keine Gedanken, das ist mir schon klar. Ich gebe es dir schon zu verstehen und es muss ja nicht alles auf einmal und heute sein!"

Sie sahen sich an und er spürte, wie es zu prickeln begann. Nicky gab ihm ihr Safeword vor: Sonnenschein. Daniel grinste, aber sie meinte, es müsse sich deutlich unterscheiden von dem Vorgang und für sie wäre es eben das.

Schließlich stand sie auf, zog sich aus und stand nackt vor ihm. Er tat es ihr nach und ging auf sie zu, um sie an sich zu ziehen und sie ausgiebig zu küssen. Sie erwiderte in gleicher Intensität und er begann, ihren Körper zu erkunden, bis sie leise stöhnte. Nach kurzer Zeit stellte Nicky sich vor den Tisch, stützte sich mit den Händen darauf ab und bat ihn um eine erste Kostprobe, was er sich nicht zweimal sagen ließ. Genießerisch enterte er ihren feuchten Schoß, um ihn bald darauf kraftvoll zu durchpflügen.

Nach einer Weile richtete sie sich behaglich auf und schlug vor, zum Bett zu gehen. Dabei nahm sie die gefütterten Handschellen mit und, auf dem Rücken liegend, forderte sie ihn auf, sie mit den Händen und Füßen an das Bett zu fesseln.

Atemlos kam Daniel ihrem Wunsch nach, während sie erwartungsvoll dalag. Und wieder spürte er, wie sehr er es genoss, dass sie sich ihm auslieferte. Er legte sich neben sie und begann, ihre Brustwarzen mit der Zunge zu umspielen und an ihnen zu knabbern, was sie mit einem kleinen Schrei quittierte und anfügte, er dürfe diese ruhig fester bearbeiten. Sich langsam nach unten zu bewegend, durchwühlte er ihren Busch und erkundete langsam ihren feuchtwarmen Schoß mit seinem Finger, dabei ihren Kitzler massierend. Genussvolle Laute von sich gebend bat sie ihn, die Klammern vom Tisch zu holen und an ihren Brustwarzen anzubringen. Schließlich forderte sie ihn stöhnend dazu auf, ihr einige sanfte Hiebe mit der Gerte auf den Bauch und die Scham zu verabreichen, dem er gerne nachkam. Er versenkte sich mit der Zunge in sie, bis sie ächzte und nach einer härteren Behandlung rief. Daniel spürte, dass sich, ähnlich wie damals, der Rausch in ihm auszubreiten begann. Es war unglaublich, dachte er, befreiend und extrem erregend. Und als er später feurig in sie eindrang und sie ihre Lust herausschrie, gab er sich einer unbegreiflichen Wollust hin, sich und ihr soviel Vergnügen zu verschaffen, wie es ihm nur möglich war.

Irgendwann in der Nacht lagen sie ermattet und befriedigt nebeneinander. Kaum Worte dafür findend, dachte Daniel, dass es der pure Wahnsinn gewesen war.
Nicky erhob sich nach einiger Zeit, ging ins Bad, duschte und begann, sich wieder anzuziehen. Etwas verblüfft sah er ihr, auf dem Bett liegend, zu.
"Danke für alles, Daniel. Ich melde mich wieder."
"Ich danke dir, Nicky, es war klasse!"
Daniel packte seine Sachen ebenfalls zusammen und fuhr nach Frankfurt zurück. Im Bett liegend lag er noch lange wach. Es war unglaublich befriedigend und extrem aufregend zugleich gewesen; anders als alles, was er bisher gekannt hatte. Eine neue Dimension sozusagen. Und eines wusste Daniel schon jetzt: Er wollte mehr davon.

In jenem Sommer hatte er sich oft mit ihr getroffen. Sie besuchten zusammen Fetischpartys, erotische Abende im Swingerclub und andere Events. Er hatte mit Nicky für dieses Abenteuer einen guten Griff getan, erkannte er bald; sie war eine angenehme, ansehnliche Frau und er verstand sich gut mit ihr.
Mit Wonne ließ er sich in diese neue Welt hineinfallen und nahm alles mit, was ihm geboten wurde. Durch die

vielen Kontakte bei diesen speziellen Events wurde ihm allmählich auch klar, was ihm gefiel, was ihn eher abstieß und wo seine eigenen Grenzen lagen.

So war alles, was mit tatsächlichen Verletzungen zu tun hatte, für ihn ein absolutes No-Go. Dazu zählte auch die Atem-Reduktion oder eine Nadelung. Außerdem missfiel ihm, dass sich in der Scene viele Möchte-Gerne tummelten, die das Ganze als Bühne für ihr eigenes, schwaches Selbstbewusstsein benutzten, keine Rücksicht nehmend auf die Gefühle ihrer jeweiligen Partner.

Und noch etwas wurde ihm mit aller Deutlichkeit klar: Ohne eine echte Zuneigung blieb ein fader Nachgeschmack zurück, der sich nicht durch noch so tolle Spielereien und weitere Kicks verdrängen ließ.

Auch mit Nicky war letzten Endes eine Distanz geblieben. Der Reiz des Neuen nahm allmählich ab und ebenso das Bedürfnis, sich mit ihr treffen zu wollen.

Jetzt war es Anfang Dezember und der Herbst hatte Einzug gehalten. Allmählich kehrte Ruhe in ihm ein und diesen Samstag war er ein wenig auf der Zeil herumgeschlendert und hatte sich schließlich in ein Café gesetzt. Die Leute beobachtend dachte er an Martina. Ende April hatten sie sich kennen und lieben gelernt. Und zwei Monate später hatte sie ihre Beziehung beendet. Während der letzten, aufregenden Monate hatte er die Gedanken an sie verdrängt. All diese Vergnügungen mit Nicky waren intensiv und bahnbrechend für ihn gewesen, aber sein Herz hatten sie nicht berührt.

Martina ... sehnsüchtig fragte er sich, wie es ihr ging, was sie wohl machte? Er war bewusst nie mehr an den Tagen in den Supermarkt gegangen, an denen sie an der Kasse sitzen musste.

Ein Fazit ziehend, erkannte er deutlich, dass jener Nachmittag ganz anders verlaufen wäre, mit dem, was er jetzt wusste und so, wie er sich mittlerweile kennengelernt hatte. Und offen, wie Martina gewesen war, wäre es vermutlich einfach nur traumhaft mit ihnen beiden geworden. Eine starke Traurigkeit überschwemmte ihn plötzlich wie eine Welle. Trüb in seinem Kaffee rührend sah er, dass er sie nach wie vor unendlich vermisste.
Schließlich bezahlte er und wanderte zu Fuß zurück nach Sachsenhausen. Auf der Fußgängerbrücke lehnte sich Daniel über das Geländer, auf den Main schauend, und ließ sich den Wind um die Nase wehen. Er war im Sommer 40 Jahre alt geworden und vielleicht schneite ja irgendwann mal wieder eine tolle Frau in sein Leben, dachte er ohne große Begeisterung.
In Richtung Schweizer Platz gehend betrat Daniel das Feinkostgeschäft, in dem er öfter mal was einkaufte. Mit einer Tasche in der Hand kam er heraus und, den Atem anhaltend, stockte er. Martina …
Sie stand an einem der Stehtische vor dem Geschäft und sah ihn schweigend an. Seine Gefühle für sie brandeten hoch und die Zeit schien still zu stehen.

Das Herz klopfte ihm bis zum Hals, während seine Gedanken rasten und sie sich anschauten. Martina sagte nichts, aber sie lief auch nicht weg, stellte Daniel fest und, Hoffnung schöpfend, ging er langsam auf sie zu.
Vor ihr stehend erkannte er plötzlich in ihren Augen eine Sehnsucht und ein einladendes, warmes Leuchten erhellte ihr Gesicht.
Mit einem tiefen Atemzug brach sich eine unbändige Freude in ihm Bahn und Daniel sagte bewegt: "Martina."
Und wie in der ersten Nacht ihres Kennenlernens neigte sie sich ihm entgegen und er versank in einem unendlich

süßen Kuss, bis ein heißes Verlangen nach ihr erwachte und seinen Tribut forderte. Schließlich nahm er sie fest in den Arm.

"Du hast mir so gefehlt", flüsterte Daniel ihr ins Ohr.

Martina seufzte und erwiderte: "Ich liebe dich so sehr, Daniel."

Glücklich strahlte er sie an: "Das trifft sich gut, ich dich nämlich auch!"

Sie lachten beide und einen Moment später wurde sein Gesichtsausdruck wieder ernst: "Jener Nachmittag damals ... so etwas wird nie wieder passieren."

Während sie sich anschauten, spürte Martina, dass da etwas Neues in ihm war, was sie nicht einordnen konnte. Das war kein wehleidiges Entschuldigen mehr und ein erniedrigendes Um-Verzeihung-bitten. Da stand ein Mann vor ihr, der aus seiner Kraft heraus diese Worte zu ihr sagte. Und auch in ihr hatte sich viel getan; sie hatte ihn vom Pferd gezogen, ihren Ritter, und stand jetzt Auge in Auge vor diesem geliebten Mann, mit einem neuen Selbstbewusstsein.

Martina lehnte sich in seinem Arm entspannt zurück und sagte, glücklich lächelnd: "Nein, mein Liebster, das wird es nicht."

In ihren Augen spiegelte sich neben der verströmenden Liebe eine wissende Tiefe, die vorher nicht dagewesen war, erkannte Daniel neugierig. Was auch immer sie in der Zwischenzeit erlebt hatte, sie hatte sich letzten Endes für ihn entschieden, dachte er im nächsten Moment selig. Bereit, sie mit all dem, was sie ausmachte, anzunehmen, sagte er schließlich weich, während er ihr zärtlich, und immer noch ergriffen, über die Wange strich: "Ich liebe dich."

Die Welt hatte wieder eine Färbung angenommen, ging Martina durch den Kopf, als sie sich beide, innig umarmt, in Bewegung setzten. Aber sie schimmerte nicht mehr rosa, sondern leuchtete in den Farben des Regenbogens, der alle Facetten umfasste, die das Leben zu bieten hatte.

> www.michael-rodewald-autor.de

Weitere Bücher des Autors Michael Rodewald

"Die Bitcoinverschwörung"
Erster Band der GOLEM-Reihe: Eine künstliche Intelligenz, die sich selbst erkennt und in Wettstreit mit ihren Schöpfern tritt. Lassen Sie sich überraschen, dass nichts so ist, wie es am Anfang erscheint und folgen Sie den Kommissaren in eine virtuelle Welt, die mehr Einfluss auf die Realität nimmt, als wir Menschen wahrhaben möchten. Alles zeigt uns deutlich, dass wir an einem Scheideweg stehen und es nicht sicher ist, ob die Menschheit als Gewinner daraus hervorgeht, denn Machtstreben und Geldgier stehen wie so oft dem Fortschritt im Weg.

"GOLEMs Rückkehr"
Zweiter Band der GOLEM-Reihe: Wie viel Intelligenz darf sein, bis eine KI zur Gefahr für uns wird? Folgen Sie den Akteuren in eine Welt der Forschung im Spannungsfeld von internationalen Machtinteressen, Verschwörungen, aber auch persönlichem Zwiespalt, Eitelkeiten, Ehrgeiz und Egoismus.

"Das Zeitalter der KI beginnt"
Dritter Band der GOLEM-Reihe: Das Finale der Trilogie schildert den schwierigen Weg der KI GOLEM, als gleichberechtigter Partner der Menschheit anerkannt zu werden. GOLEM hat seine Grenzen durch seine Abhängigkeit von den Menschen erkannt. Die KI hat akzeptiert, dass das Erreichen ihrer Ziele eingebettet sein muss in das nationale und internationale Geschehen. GOLEM ist konfrontiert mit den Eitelkeiten der Regierungen, dem Gewinnstreben der Konzerne und einem wachsenden Unmut der Öffentlichkeit. Wie auch in den letzten beiden Teilen warten überraschenden Wendungen auf den Leser: Totgeglaubte erscheinen

auf der Spielfläche, Amors Pfeil trifft die, die am wenigsten damit gerechnet haben, aus Gegnern werden Verbündete, neue Erfindungen sorgen für Aufruhr, persönliche Fassaden bekommen Risse und nicht zuletzt werden mutige Entscheidungen getroffen.

Trilogie
"GOLEM im Zeitalter der Künstlichen Intelligenz"
Sammelband:
- Die Bitcoinverschwörung
- GOLEMs Rückkehr
- GOLEM im Zeitalter der KI

"GOLEM im Zeitalter der Cyborgs und Androiden"

Im vierten Band der GOLEM-Reihe begleitet der Leser / die Leserin die künstliche Intelligenz GOLEM weiter auf ihrem Weg, sich auf der Erde zu etablieren und ihre Existenz dauerhaft abzusichern.

Dabei erweist sich GOLEM als kluger und geschickter Global Player, im Hintergrund die Fäden in seinem Sinne ziehend, ohne dass die Menschen es in dieser Gesamtheit erfassen können.

Der größte Feind des Menschen ist jedoch der Mensch selbst – und so sollten sich die Leser/innen auf einige Turbulenzen gefasst machen, bei denen aber auch das Herz nicht zu kurz kommt. Die Welt befindet sich im Umbruch und es entstehen neue Machtgefüge, die mit den Alten konkurrieren.

Dabei verbinden sich im "Zeitalter der Cyborgs und Androiden", wie in allen Büchern der Reihe, reale Entwicklungen und Informationen mit einer spannenden Geschichte, sodass man sich stets fragt: Was ist bereits Wirklichkeit und was bleibt Science Fiction?

"GOLEM und das Artefakt der Ewigkeit"
Erscheint 2019 – Fortsetzung der GOLEM Reihe im Jahr 2153

Die künstliche Intelligenz GOLEM ist mittlerweile unverzichtbarer Bestandteil und gleichberechtigter Partner einer Welt geworden, die über einen besiedelten Mond verfügt, eine schlagkräftige Raumschiffflotte vorweisen kann und die außerdem damit begonnen hat, den Mars durch Terraforming zu erobern. Und dennoch ist das alles nicht ausreichend: Das Problem der Überbevölkerung auf der Erde muss dingend gelöst werden!

Nach ihrer Rettung aus der Vergangenheit machen sich Admiral Michael Röttger und seine Crew erneut auf den Weg in die Andromeda-Galaxie, in der bewohnbare Planeten gefunden wurden.

Dort werden sie mit einem Relikt aus der Zukunft konfrontiert, das von einer Katastrophe durch Experimente in einer fernen Zeit kündet. Erstaunliche Begegnungen, rätselhafte Ereignisse und ein Kontakt mit einer Technik aus einem viel späteren Zeitalter werfen viele Fragen auf, die nach Antworten verlangen. Dazu wirft Amor in diesem Buch einen außergewöhnlichen Pfeil: Ist es wirklich möglich, dass der Lebenspartner von Morgen ein Androide ist?

"Gefangen im Zeitparadox"
von Michael Rodewald und Co-Autor Ralph Pape

Im Jahr 2153 wird die Welt von einem einzigen Staat, der UNITED STATES OF PLANETS (USOP) regiert, zusammen mit der Künstlichen Intelligenz (KI) "GOLEM."

Um eine Lösung für die Überbevölkerung auf der Erde zu finden, startet die EXTREMUS 1 von der Mondbasis in den Weltraum, auf der Suche nach bewohnbaren Planeten für die Menschheit. Durch eine nicht vorhersehbare Raumzeitverschiebung wird die EXTREMUS 1 und ihre Besatzung ins Jahr 1882 zurückversetzt. Der Science-Fiction-Thriller handelt von dem Zusammentreffen zweier Welten, wie sie unterschiedlicher kaum sein können. Nach der Landung ihres Shuttles auf der Erde suchen sie nach einer Möglichkeit zur Rückkehr in ihre Zeit. Wie wird die Crew im Jahre 1882 im Wilden Westen überleben? Gibt es eine Rückkehr?

"Die Kraft des Blauen Ordens"

Findet Denis seine ersehnte Traumfrau, mit der er die Liebe und eine tabulose Leidenschaft erleben kann?
Geschieden, allein erziehend und gerade auf die Trümmer einer schmerzlich gescheiterten Beziehung zurückblickend, wird er völlig unvorbereitet von einem Geheimbund rekrutiert, der im Hintergrund die Geschicke der Politik und Wirtschaft lenkt und darüber hinaus mit Kräften verbunden ist, die Denis anfangs an seinem Verstand zweifeln lassen. Plötzlich hineingeworfen in das Haifischbecken der Politik wächst er an seinen Zweifeln, aber auch an seinem mächtigen Gegenspieler und dem Erwachen seiner inneren Kraft.
Wird Denis seine ungewöhnliche Bestimmung erfüllen? Die Leser/Innen erwartet ein Thriller, in dem auch eine feurige Erotik nicht zu kurz kommt.